TURBULENTA PAZ

PAVEL FRANK ROZAS

PAVEL FRANK ROZAS

TURBULENTA PAZ

La historia de alguien que busca encontrarse a sí mismo en sus raíces para conseguir la paz interior

LETRA

TURBULENTA PAZ

Contacto del autor:

frankrozas@gmail.com

Del editor:

Editado por Letra
de Carlos Eduardo Caguana Sucre
Av. Paseo la Castellana S/N Torre C dpto 702 – Santiago de Surco
Agosto 2020
contacto@letragrupoeditorial.com
www.letragrupoeditorial.com

Diagramación: Andrea Vallejos

1era Edición, agosto 2020
Impresión por demanda

Edición internacional
Impreso por Amazon KDP

Hecho el Depósito Legal en la Biblioteca Nacional del Perú N°: 2020-04955
ISBN: 978-612-48242-7-2

A Ariana y Diego, que son mi razón de vivir

Índice

INTRODUCCIÓN

«La casualidad no existe», es una máxima que muchos tienen en su mente, pero cuando les ocurre algo que evidencia su presencia, luchan contra ella para no abandonar sus viejas convicciones. El recorrido por el interior de personalidades que tienen vidas deplorables y oscuras demuestra que la realidad supera a la ficción.

Durante más de ocho años estuve indagando sobre todos aquellos que brillaban y tenían éxito, la sorpresa ante lo observado fue grande. Claro está que un deficiente sistema educativo y la decidida política de los canales de televisión de transmitir programas basura, ha coadyuvado a tener una población debilitada intelectualmente y con sed de morbo. Muchos dirán que este es un problema que se presenta en todo el mundo y que hay público para todos. Sin embargo, el nivel al que se ha llegado toca fondo.

La presencia de figuras hace interesante un análisis de las mismas. Este interés se acrecentó cuando advertimos sus egos colosales y su apremiante necesidad por la luz de los reflectores para justificar su existencia. Resulta pertinente advertir que este recorrido no tiene como objetivo hacer un juicio de valor, tampoco atacar, porque no es un tratado de valores, solo se trata de desarrollar versiones de ficción, sobre la base de algunas características, de ciertas personalidades. Cualquier coincidencia con la realidad dependerá exclusivamente de la imaginación del lector.

Asimismo, sí resulta preocupante que la cultura del espectáculo haya alcanzado a casi toda la población y que las élites que cuentan con los mayores recursos y oportunidades para erigirse en el bastión culto de una nación, se encuentren abrumadas por la degradación del arte y la cultura, o peor aún, simplemente no la conozcan.

El protagonista de esta novela intenta en su caminar contar historias que se relacionan y adentran en el mundo de los más importantes personajes de la política y entretenimiento, sin denostar de los mismos. A través de él podremos reflexionar porqué importa tan poco la literatura, la filosofía y las artes en esta época. ¿Por qué es que la gente le perdió interés? Interrogantes como esta suscitan otros cuestionamientos y reflexiones, como por ejemplo las que se plantean alrededor de redes sociales y si el triunfo de estas se debe acaso a la soledad de las personas, al hambre de mostrarse qué tan exitoso es cada quien o hurgar, para beneplácito de las muchedumbres, cómo es la vida de los demás y así encontrar exculpaciones propias por medio del dolor ajeno.

No existe camino sin norte. El respeto, la admiración y la fe pareciera que se están perdiendo, para abrir de par en par paso a la diversión a cualquier precio. Es posible que ya no existan novelas que nos hagan soñar, canciones que por sus composiciones enaltezcan los sentimientos más profundos y sublimes o poemas que nos llenen el alma de emociones encontradas. Películas que podamos ver varias veces para encontrar siempre algo nuevo. Obras teatrales que alimenten el espíritu, programas de televisión donde la crítica valore los avances de la ciencia y de la cultura. Muchos pensarán que los tiempos han cambiado y que la modernidad implica una gran trasformación o que las letras y humanidades no son tan importantes como el avance tecnológico. No obstante, pareciera que la frivolidad se ha apoderado absolutamente de todo, que familias dejaron de conversar, las redes sociales nos han regalado distancia con otros seres humanos que antes eran tan cercanos. En las mesas hay tantos móviles como comensales, en las que de seguro se descubrirá que, en la vida de tantos, el denominador común es la ausencia tanto de libros como de lecturas, lo que explica muchas veces que las conversaciones familiares sean historias del pasado. Ahora todos los jóvenes son agnósticos, ateos y cualquier cosa que signifique falta de fe, no creen en nada ni en nadie. Es un momento importante el que vivimos, porque puede significar la oportunidad para descubrir esa luz que al final del camino siempre se espera.

Está en cada uno de nosotros vivir mejor, cuidar nuestro planeta, dar la mano al prójimo. Está en cada uno de nosotros ser mejor persona día a día.

La historia relata un recorrido marcado por el dolor, pero que siempre se abre paso a la esperanza como verdadera oportunidad para encontrar, a pesar de las tinieblas, nuevos derroteros de luz.

1. LA MUERTE Y VIDA VENCEREMOS

Es el segundo domingo de abril de 1983, en la Provincia de Abancay se encuentra el distrito de Curahuasi, conocida como «La Tierra del Anís», con menos de tres mil familias se respira calma y silencio, parece sempiterna su tranquilidad, pero se verá interrumpida para siempre. Enriqueta Cory, es una mujer dedicada a los quehaceres del hogar, su rostro afable no armoniza con su carácter iracundo.

Es domingo, está planchando los uniformes de colegio de sus dos hijos. Súbitamente resuena la puerta a la vez que la voz de su esposo Luis Alberto, quien ha corrido por más de dos horas, la llama de forma desesperada y entre jadeos le informa que Sendero Luminoso ha asesinado a su hermano Jorge Cory y esposa Eloísa Carrillo, en un «juicio popular» (era como se denominaban a los asesinatos selectivos que realizaba la organización terrorista del Partido Comunista del Perú). Enriqueta Cory se mostraba incrédula, quedó absorta, lamentando no haberle advertido que los terroristas estaban rondando la zona, ¿acaso le hubiera salvado la vida?

Enriqueta asumía la responsabilidad de dar la penosa noticia a su sobrino Alonso Genaro Cory Carrillo, quien se encontraba jugando en el parque con sus primos. La pena se intensificó cuando visualizó a lo lejos a su sobrino, quien reía sin imaginar la tragedia. Se preguntaba cómo decir a un niño de 8 años que ahora es huérfano. ¿Qué palabras debía utilizar?, ¿acaso era oportuno que le narre cómo habían muerto sus padres? La hemorragia de lágrimas no se detenía, el dolor era inconmensurable.

Se daba valor tratando de calmarse y dándose fuerzas, se repetía mentalmente moviendo los labios: «tranquila, tú puedes», «tranquila, tú puedes».

A una distancia de 15 metros, Enriqueta, con un movimiento de la mano derecha, llama a Alonso para que se acercara. El menor acató la orden de forma rauda. Cuando pudo lo abrazó, tratando de contener el llanto, sin éxito. Indicándole que le acompañase a casa.

El niño está confundido, pero al percibir el dolor y tristeza de su tía, no se atreve a preguntar. En su mente está elucubrando posibilidades de qué ocurría. Unos cuantos metros antes de llegar a la puerta de la casa, con una mirada profunda pero decidida a dar la noticia, entre sollozos y con los labios que tiemblan, dijo:

–En la vida hay momentos muy duros, pero siempre se superan, tengo que decirte algo muy triste, ¡tus papás han fallecido!, –grita– lo siento tanto.

Las lágrimas nunca dejaron de surcar el rostro de la tía, sumándose a una congestión nasal.

–No te preocupes, siempre estarás conmigo y tus primos. –dijo con ánimos de consuelo.

Alonso no podía decir nada, solo empezó a llorar en los brazos de la tía, quien lo condujo a su habitación repitiéndole que se quedaría con ella. El niño está temblando, sus lágrimas están ahogándolo, ya no volvería a ser el mismo. La tristeza y silencio embarga toda la casa. A Alonso le duelen los ojos, y la boca se le ha hinchado, esa noche no podía dormir. Enriqueta y su esposo empiezan a planear las acciones a seguir. Deciden que lo mejor es viajar por un tiempo a la ciudad de Arequipa, donde se encuentra la hermana mayor de su esposo, pero no podían ir con Alonso por espacio y economía, resolviendo dejarlo con el párroco de la ciudad.

Al día siguiente tiene que ejecutarse el plan. Enriqueta asiste a misa de las siete de la mañana. Después de la celebración eucarística solicita hablar con urgencia con el padre Eduardo, quien la recibe en su oficina austera, adornada únicamente con un crucifijo que da paz al alma y contagia el ambiente.

Enriqueta empieza a narrar lo ocurrido, sus labios comienzan a temblar y dice:

–Padre, usted es el único que me puede ayudar, sabe que mi difunto hermano tiene un hijo de nombre Alonso. Mi esposo ayer me indicó que por seguridad familiar tenemos que trasladarnos a Arequipa, viaje al que no podemos llevar al pequeño Alonso, por lo que suplico se quede con él por un corto tiempo, cuando esté ya acomodada en Arequipa regresaré a recogerlo, estoy segura de que esto no demandará más de unas cuantas semanas; con sinceridad es la única persona a quien puedo recurrir. El niño es muy hábil, le puede ayudar en los quehaceres de la parroquia.

El sacerdote la mira con desconfianza, pero por sus principios no puede desamparar a un menor que a su corta edad seguramente está sufriendo mucho. Con voz tranquila, acepta quedarse con el joven por el espacio máximo de un mes, debiendo recogerlo en dicho periodo. Ella anuncia que en horas de la tarde lo traerá. El clérigo advierte que a partir de las cuatro de la tarde la espera, a lo que asiente y vuelve a agradecer despidiéndose, con lágrimas en los ojos.

El niño no ha ido a la escuela, está solo en casa, los juguetes han perdido atracción. No deja de pensar en los momentos que pasó con sus padres Jorge y Eloísa, recuerda que jugaba ajedrez con su padre, su madre siempre lo mimaba y le hacía dormir contándole alguna historia, los recuerdos son tantos que no logran terminarse hasta que se percata que Enriqueta ha llegado. La tía Enriqueta le informa del viaje a Arequipa, le dice que tendrá que quedarse con el padre Eduardo, explicando que su esposo ha programado dicho viaje casi sin consultarle y que se alojarán en la casa de su cuñada, que es pequeña, pero que en pocas semanas lo recogerá. Empiezan ambos a llorar, como si supieran que es una despedida para siempre. La tía prepara una maleta con ropa limpia y deja en un compartimento los doscientos dólares que encontró en el tocador de la mamá de Alonso.

–Apresúrate y deja de llorar, que el padre Eduardo nos espera.

Llegan al despacho clerical. Enriqueta, ya quiere sacarse ese peso de encima, presenta al niño, quien está ruborizado y confundido aún. La mirada de Alonso está fijada en las baldosas envejecidas por el tránsito del tiempo, levanta la cabeza, sus ojos visualizan a un hombre de cabello cano y barbas blancas bien acicaladas, quien le da la bienvenida con una sonrisa y lo abraza sin ser correspondido. Lo mira fijamente con tono compasivo.

–No te preocupes, te cuidare. Hemos acondicionado un lugar para que lo uses como tu cuarto –le dice.

Enriqueta nuevamente empieza a llorar y se despide de ambos, camina con paso ligero hacia la puerta de salida, se siente mal, pareciera que hubiera cometido un crimen.

–Vamos Alonso, te enseñare tu habitación, descansa un poco a las siete es la cena ahí hablaremos – dijo el padre Eduardo.

Al cerrarse la puerta, Alonso recién asimila el dolor de no tener padres, llora sin cesar por muchos minutos, es la primera vez en su vida que se siente solo, realmente solo. Sus ojos están hinchados, la angustia invade su corazón, el desconcierto no le permite descansar. Las preguntas de cómo habían muerto sus padres o por qué su tía no le conto la verdad y qué había ocurrido realmente, solo tendrían respuestas años después. El sacerdote Eduardo informa que la cena es a las siete de la noche, el desayuno a las seis de la mañana y el almuerzo a la una de la tarde, horarios que invariablemente se respetarían, incluso en los días festivos del pueblo.

Han transcurrido dos años y cuatro meses en los que Alonso se ha convertido en el mejor amigo y ayuda de Eduardo. Ha aprendido a cortar las hostias, realizar las compras, jugar ajedrez y hasta tiene el hábito a la lectura que le permite desligarse del desasosiego. Cada libro es un universo que revela historias épicas, los desvaríos humanos le hacen sufrir y alegrarse, trasladándolo a lugares inimaginables con los que incluso sueña. Las enseñanzas del eclesiástico eran útiles y las cumplía al pie de la letra.

Alonso tiene pánico escénico, exponer para él es un suplicio.

–El miedo y el odio hacen esclavos a quien la posee, fija tu mirada en un punto, tratando de evitar ver a los demás; estar bien preparado es clave para la confianza; no te olvides de respirar profundamente antes de ingresar al escenario; la práctica hace al maestro –dijo Eduardo al percatarse de dicha timidez.

En el corazón de Eduardo ha nacido un sentimiento especial desconocido hasta ahora, siente orgullo por el niño que, con su frescura y alegría, le ha devuelto las ganas de vivir.

Es el 15 de octubre, llega la correspondencia muy temprano, Alonso la recibe, es una carta para Eduardo. Corre rumbo a la habitación donde el sacerdote aun duerme, pues es su cumpleaños, es el único día que no celebra la eucaristía.

Entre sueños abre la puerta y recibe un efusivo abrazo, le hace entrega la epístola. Con una cuchilla abre la misiva, se sienta en su poltrona vieja por el uso arduo, empieza a leer la carta en voz baja.

–Informa que me han nombrado Obispo de Abancay, la capital de la Provincia de Apurímac.

Ambos se miran jubilosos y sonríen tenuemente. El niño lo mira como pidiendo una explicación.

–Es algo que esperaba hace mucho tiempo, es un gran regalo ahora que cumplo sesenta años –señaló el obispo.

Recalcó que irían juntos, lo que tranquilizó el corazón de Alonso.

Abancay es una ciudad cincuenta veces más grande que Curahuasi. El menor es inscrito en el Colegio Micaela Bastidas, donde es muy feliz, obteniendo cada año el primer puesto en aprestamiento.

Los días que detestaba Alonso eran los días de la madre, padre y navidad. El padre Eduardo es un filólogo muy estudioso y un docente por antonomasia, pese a su avanzada edad siempre tenía libros por leer y ánimos de enseñar a Alonso técnicas de estudio que coadyuvaron al desenvolvimiento académico del menor.

Es el 16 de enero, fecha en que cumple Alonso 16 años de edad, es su último año de escuela, tiene que preparase para la universidad, quiere estudiar historia, ya lo tiene previamente decidido hace más de tres años. Es miércoles de ceniza, el padre Eduardo se resbala en la sacristía y es llevado al Hospital Regional Guillermo Díaz de la Vega, donde diagnostican que por la severa contusión en el cráneo resulta imprescindible y necesario ser transferido a un hospital de Lima, debiendo ir a la provincia de Andahuaylas para que vía aérea sea trasladado.

El único que lo acompaña es Alonso, es hospitalizado en la Clínica Angloamericana de Lima, donde es intervenido quirúrgicamente y viene teniendo una recuperación lenta pero constante.

–Busca en mi maleta una tarjeta del Banco de Crédito y la traes –le dice a Alonso, aún convaleciente.

Alonso en la valija encuentra la tarjeta envuelta por un rosario que fuera bendecido por Juan Pablo II, con ambos se dirige a ver al cura, quien le ordena coger un papel y lápiz; en voz baja, casi de secreto le dicta:

–Dos, cero, cuatro, uno, nueve, tres, cero, nueve, ocho y dos, borras los tres números y adelante y atrás, ahí tendrás la clave de la tarjeta, en ella hay cuarenta y cinco mil dólares, que son los ahorros de mi vida, ahora son tuyos, debes de ir a un cajero cuanto antes y retirar mil dólares, cuando regreses te daré más instrucciones.

Alonso se aleja de la habitación raudamente, pregunta al vigilante, quien le refiere que en el sótano se encuentran los cajeros bancarios. Las escaleras de madera con armazón de metal lo conducían a un patio triste, atiborrado de cajeros electrónicos, pero la máquina del banco que buscaba estaba fuera de servicio. Retornó a la portería y le indican que a una cuadra se encontraba una estación de gasolina donde podría encontrar cajeros de todos los bancos.

Empezó a caminar con pasos apurados como si de ello dependiera su vida. Al retornar, entra sigilosamente en la habitación número 202

–Ya tengo el dinero –expresa en voz baja.

Eduardo tiene el rostro cansado, los surcos de las patas de gallo y las bolsas debajo de sus ojos son más notorios.

–Tienes que prometerme que esa tarjeta la conservarás hasta que tengas 18 años, cumplida esa edad vas a abrir cuatro cuentas dividiendo en dinero en cada una de ellas, de forma equitativa. Solo podrás gastar dos cuentas y las otras dos serán para cualquier imprevisto –se detiene por un tosido seco–. He hablado con mis amigos y te ayudarán con los gastos de la inscripción en el examen de admisión de la universidad y no pagarás las mensualidades conforme ya lo he solicitado y ha sido aceptada y aprobada, vivirás en una casa de estudiantes de provincia que se encuentra ubicada en la Avenida Arequipa a cargo de la hermana del Padre Juan Ernesto, quien siempre te ayudará en lo que necesites. Ahora puedes ir a almorzar, necesito descansar.

Alonso sale de la habitación sin dejar de ver al sacerdote. Está confundido, «pero con mucha hambre» se dice a sí mismo y sonríe, «tienes mucho dinero, pero no puedes gastarlo» como nunca había gastado los doscientos dólares que le entregó su tía Enriqueta y que son los únicos recuerdos de sus padres.

Retorna tras el almuerzo en la hora de visita. En la habitación no se encuentra nadie, abre el baño y no encuentra nada. Abre la puerta una la enfermera quien le informa que el sacerdote se encuentra en cuidados intensivos, lugar donde no se aceptan visitas, solo atina a ver por una ventana lejana. Cavila especulando que es muy difícil que pueda resistir Eduardo, por su hábito a fumar más de una cajetilla de cigarros diario.

Se siente vacío, en la sala de espera solo percibe olor a alcohol, olor a hospital, la silla de espera es dura como la vida misma. Súbitamente un médico se acerca a Alonso informando el deceso

–Hicimos todo lo posible, lo siento mucho. El edema pulmonar fue devastador.

Alonso, nervioso y sin fuerzas, busca entres sus bolsillos monedas para llamar al jesuita Juan Ernesto, a quien le comunica el fallecimiento.

–Qué pena, de verdad lo siento mucho, hay que ser fuertes, se encargará de todo lo concerniente al funeral la secretaria del arzobispado llamada Betsy Hart, ella se apersonará cuanto antes para realizar las gestiones correspondientes, yo estaré a las seis de la tarde después de las clases de catequesis –fue la respuesta que obtuvo.

–Gracias, esperaré –se limitó a decir Alonso.

No puede llorar, siente un dolor que lo quiebra y lo conduce al cuarto de oración que en cada nosocomio existe. Al llegar al pequeño cuarto adornado por la Cruz, la Virgen del Carmen y San Hilarión, se sienta en una banca solitaria y empieza a llorar sin parar, mira la imagen del Cristo Crucificado y le pregunta en silencio: «¿por qué te llevas a la gente que quiero y me quiere?», no obtiene respuesta, pero siente consuelo con solo mirar la imagen. Se seca las lágrimas porque tiene que ver a la secretaria que realizará los trámites fúnebres.

En la sala de espera de la morgue recuerda cómo Eduardo le explicaba filosofía todas las tardes, sobre los peripatéticos, Aristóteles, Platón, Maquiavelo, los escépticos, Nietzsche, y sus favoritos Hume y Epicuro.

Nunca lo había acariciado, pero su cariño siempre estuvo presente hasta en las horas antes de su deceso. Está grabado en su mente sus ojos rojos y vivos, sus dientes amarillos por la nicotina, su aire superior, sus cabellos negros sobrevivientes a las abundantes canas, su voz de paz, calma y sabiduría. También recuerda que cuando se portaba mal lo llamaba Judas. Evoca cómo el sacerdote con paciencia y rigurosidad le leía las epopeyas de «La Ilíada» y «La Odisea» de Homero, así como «El cantar del Mío Cid». Muchas noches «Otelo» y «Hamlet» de William Shakespeare los acompañaría. Aunque aborrecía a Molière por su obra «El Tartufo», lo leía siempre indicando que esta novela fue suficiente para ser excomulgado el autor. Goethe tampoco era santo de su devoción por sus obras epistolares «Las cuitas del joven Werther» y «Fausto», que narra esa lucha maniquea. Cómo no recordar «Nuestra Señora de Paris» y «Los Miserables» de Víctor Hugo. Eduardo detestaba el arribismo, cuando leía «Rojo y Negro» de Stendhal, le encrespaban los parangones con la vida real. Le encantaba Gustave Flaubert, por su obra «Madame Bovary», no únicamente por la trama de ese adulterio femenino, sino por la musicalidad de la narración y el final inesperado. También le apasionó leer los libros de Honorato Balzac: «Papa Goriot»; Fiódor Dostoyevski: «Los Hermanos Caramazov», «Pobres Gentes» y «Crimen y Castigo», esta última novela se había convertido en un vicio, pues cada noche esperaban con ansias las aventura de Rodion Raskolnikov.

La lectura era un vínculo que los hacia felices. Recuerda que le contó que en la Catedral del Cusco hay un pasaje secreto que comunica dicha iglesia con el complejo arqueológico de Sacsayhuamán. Nunca dejaron de asistir los Lunes Santo a la Plaza de Armas del Cusco para recibir la bendición del Señor de los Temblores. Ahora todo cambiaría o ya había cambiado.

Hace su aparición en la sala triste y vacía una mujer esbelta de ojos azules y traje.

–¿Tú eres Alonso? –le pregunta.

–Sí, sí… –contestó.

–Soy Betsy. Mi sentido pésame, ya he realizado todos los trámites para el velorio que será pagado por el seguro, los demás gastos serán sufragados por el arzobispado, el velorio se realizará en la Casa del Maestro ubicada al costado de la Iglesia San José en el Distrito de Jesús María.

Alonso le cuenta que en varias oportunidades ha visitado la Iglesia San José.

–Perfecto, entonces mañana nos vemos a las tres de la tarde.

También le informa que el occiso será cremado y que se le entregarán a él las cenizas, conforme lo ordenado por el difunto. Asimismo, le comunica que el padre Eduardo había adquirido un seguro de vida donde consignó el nombre de Alonso como el único beneficiario, aunque reparó que por su edad no podía cobrarlo, pero de eso se encargaría el abogado del arzobispado.

Se despidió con un beso expresándole su sentido pésame nuevamente. El perfume de Betsy era tan dulce que no abandonó el lugar.

Se aleja raudamente, meneando su silueta. Minutos después llegó el cura Juan Ernesto, lo abraza y muestra su hondo pesar, recuerda que con Eduardo fueron juntos al seminario, eran compañeros de habitación y jugaban tenis los domingos, claro que era su mayor en unos ocho o nueve años, pero siempre fueron grandes amigos.

–No te preocupes que todo ya está encaminado para el funeral, hoy dormirás en mi casa –le dice–. ¿Has cenado?

–No tengo hambre, prefiero caminar un poco.

–Está bien –dijo el cura– pero mi casa se cierra a las ocho en punto, no llegues tarde.

Alonso asiente.

Al día siguiente el velatorio fue rápido y la cremación también, las cenizas ya las tenía en su poder Alonso, estaban en una caja pequeña de mármol donde yacían grabadas una cruz y el nombre del padre Eduardo. Cuando tenía la cajita pensaba en cómo se reduce un ser humano, tantos conocimientos al océano del olvido, tantas vivencias convertidas en nada. Como señalaba el Genesis 3:19: «Polvo eres y en polvo te convertirás», al final somos esa cruz de ceniza al inicio de la Cuaresma.

2. LA UNIVERSIDAD PRIVADA Y POLÍTICA

Alonso a sus 17 años postula a la Pontificia Universidad Católica del Perú, en un examen de ingreso particular por haber obtenido el primer puesto en todos los años del colegio, claro está que por la preparación que recibió del sacerdote Eduardo ingresó en primer lugar a la Facultad de Letras y Ciencias, para especializarse en Historia.

El sacerdote Juan Ernesto, al conocer los resultados, expresa entusiasmado:

–Eduardo, si estaría entre nosotros, seguro se sentiría muy orgulloso de tus éxitos, en el cielo hay júbilo.

Han transcurrido 27 días. Es el primer día de clases, Alonso ha esperado con ansias el inicio académico, un pizarrón verde informa dónde debe de ir. Llega a un aula en degrade, se ubica en la primera fila para escuchar mejor al docente. Hace su ingreso un hombre de estatura baja, muy delgado, pero con una voz potente retumba el claustro, se presenta como Giancarlo Carrasco Prath, es doctor por la Universidad Complutense de Madrid, desarrollará el curso de Comunicación, peticiona únicamente puntualidad, advirtiendo que cuando él llega ya nadie puede hacer el ingreso al aula.

Han pasado cuatro semanas de clases. Su admiración por Giancarlo se acrecienta en cada jornada académica, no solo por sus enseñanzas sino también por su personalidad díscola. El docente ha hecho saber que el socialismo corre por sus venas, dice sin miedo sus posiciones, también es muy respetuoso y admite el debate.

Los días jueves, de ocho a diez de la mañana, las clases de Giancarlo están repletas. Cierto día, cuando empezaba Giancarlo a explicar sobre el género épico y su sub división en las epopeyas, repentinamente, sin tocar la puerta, hace su ingreso una autoridad de la universidad acompañada de sus edecanes. El docente se siente indignado, violado, vilipendiado, no podía permitir quedar como un fantoche, por lo que, con voz alta y firme.

–Retírese de mi clase, nadie entra sin tocar y menos sin permiso – dijo desordenando los primeros mechones de su cabellera por la violencia de sus palabras.

La cara de la autoridad se volvió de una sonrisa de pasta dental a una de indignación y asombro. Por el ímpetu de las palabras del docente se retira encrespado y rabioso. Este episodio le costó el puesto a Giancarlo, lo que produjo en Alonso una gran decepción.

Alonso, para poder sufragar su afición por los libros, el cine y el teatro, realizaba las tareas y trabajos monográficos de algunos de sus compañeros, en dicha actividad conoce a Martina Castro Puma, una chica de Huancayo, quien se ofreció a ayudarle a cambio de un estipendio, naciendo en ellos una amistad sincera.

Son las siete de la noche, en la biblioteca únicamente están tres estudiantes, el silencio era enorme. Súbitamente aparece Martina, tiene los ojos hinchados que delatan que había llorado. Tomándolo del antebrazo coge a Alonso y lo conduce al patio principal de la facultad, se miran fijamente.

–Tenemos que despedirnos, ya no podemos vernos más pues es imposible seguir pagando las mensualidades para mi familia, más ahora que a mi madre le han detectado un cáncer linfático, que es el más agresivo y mortal –expresó sin rodeos.

Alonso la abraza y trata de consolarla, la chica sigue llorando por el escenario doloroso, en un acto de caballerosidad decide llevarla a su habitación, pero ella retruca, prefiere ir a la suya.

En el cuarto estudiantil, ella abre la nevera de donde extrae dos latas de cerveza, sin preguntar abre ambas, las cuales terminan raudamente en grandes sorbos, tomando dos cervezas más cada uno.

Martina, con tono de interrogación, increpa el porqué era tan hermético Alonso, por qué no contaba nada de su familia. A modo de respuesta, con cierta incomodidad, le comenta que no tiene familia, no tiene a nadie, mintiendo que fue abandonado recién nacido. No le parecía adecuado contar su pasado porque no tenía importancia ni pertinencia para él.

Ella lo abraza disculpándose, se miran fijamente, sus ojos están cansados y dilatados; ella, con un movimiento raudo, le da un beso en los labios, se alejan por un instante, fijando sus miradas para fundirse en un beso interminable. Se derrumban suavemente en el lecho sin dejar de besarse.

La fémina abandona su polera, mostrando su brasier negro. Reanudan los ósculos, tumbándose en la suavidad de las sabanas, sin darse cuenta están casi desnudos. Alonso está asustado y extasiado. No quiere que se percate que es su primera vez. Intenta emular a los actores porno que había visto todos los sábados en el programa «La Serie Rosa». Hicieron el amor salvajemente con mucho deseo, pero sin amor. Terminaron exhaustos, satisfechos, aparentemente.

Martina reposa desnuda exhibiendo ese cuerpo escultural producto de correr dos horas diarias. Sin razón aparente empiezan a reírse, interrogándose cada uno el motivo del carcajeo.

–Es la primera vez… –interrumpió ella con voz tranquila. Alonso se sonroja y piensa que lo había descubierto– …que me hacen sexo anal –concluyó.

Claro está que Alonso se había equivocado, se empezaron a reír nuevamente, entre sonrisas afirmó que le gustó la nueva experiencia.

La habitación es invadida por un silencio inerte, solo es acompañado por una sutil tristeza que se apodera del espacio. Martina, en tono más reflexivo, comenta que para ella es un deber, una obligación y una necesidad ser profesional, por ser la única forma de sacar de la pobreza a su familia. Ningún obstáculo sería tan grande para truncar sus sueños, estaba decidida a luchar y romperse el alma ante cualquier adversidad, nada la detendría, se lo había jurado a sí misma cuando se enteró que su progenitor ni siquiera quiso registrarla, por lo que lleva los mismos apellidos de su madre.

Han transcurrido tres semanas que Martina ha dejado la universidad, está trabajando como cajera en un spa, siente humillación y decepción de estar enclaustrada entre olores de tinte y oxigenta, pero más le hastiaba la manea como perdía el tiempo, y evocaba los momentos de aprendizaje de nuevos conocimientos, como una historia lejana. Alza el periódico «La Republica», se anoticiaba el concurso para vacantes en la Universidad Nacional Mayor de San Marcos, donde la educación es gratuita. Da la noticia a Alonso de presentarse al difícil examen de admisión, no solo por la gran cantidad de postulantes sino también por su rigurosidad, todos querían estudiar en la Universidad Decana de América. Faltaban cinco meses, tiempo suficiente para preparase para dicho examen.

Alonso cada día estaba más decepcionado de su universidad y decide seguir los pasos de Martina. En uno de sus tantos encuentros sexuales da la noticia de que postulará a San Marcos, a la carrera de Comunicación Social, que pertenece a la facultad de Letras y Ciencias Humanas. Ambos estaban muy contentos, empezaron al desarrollo y revisión de los exámenes de admisión anteriores, los bancos de preguntas, entre otras actividades. Fue una época de mucho estudio, sexo y convivencia.

Llegó el esperado domingo. Durante la noche ambos están esperando los resultados de la prueba que habían rendido en la mañana, la emisora Radio Nacional del Perú (RNP) empezaba a dar los nombres de los ingresantes. Alonso ingresó en el tercer puesto; y, en el trigésimo noveno, Martina a Derecho.

El comienzo de una nueva vida universitaria comenzaba pero el júbilo se desvaneció pues, al día siguiente de los resultados, comunicaron a Martina que su madre había fallecido, viajando a Huancayo a las exequias.

Durante el tiempo de ausencia de la amada, Alonso tenía que informar al Padre Juan Ernesto, su decisión de abandonar la Pontificia Universidad Católica del Perú.

–Es la peor decisión de tu vida, tanto esfuerzo y dinero arrojados al agua, seguro por una mujer que ni siquiera vale la pena, el sexo y las relaciones a tu edad son efímeros; no respetas la memoria de Eduardo, quien te trató como un hijo y se preocupó por ti cuando te abandonaron –le reprochó el párroco con furia.

El clérigo se da cuenta que sus palabras corroen el alma de Alonso, recordarle su condición de abandono fue un error. El estudiante se retiró sin palabras, tirando la puerta del vicariato con violencia. Nunca más se vería con Juan Ernesto.

Le entusiasmaba su nueva vida universitaria a Alonso, le embargaba un sentimiento de pertenencia, pues, muchos alumnos eran de provincia o hijos de provincianos, claro está, los más ilustrados e inteligentes. Algunos profesores estaban ya cansados de enseñar, solo repetían la cátedra como una poesía aprendida sin cambiar la letra, pero la mayoría eran extraordinarios.

Lo fascinante de esta casa de estudios eran las reuniones estudiantiles donde se debatía la realidad peruana, se evocaban a José Carlos Mariátegui, la lucha de clases, el socialismo y el triunfo de Cuba. Un joven ayacuchano de nombre José Padilla Malviz, que se llamaba a sí mismo «Camarada Alipio», daba cuenta del accionar de Sendero Luminoso y del Pensamiento Gonzalo, con gran elocuencia narraba cómo, desde la clandestinidad, Abimael Guzmán «Camarada Gonzalo» dirigía la revolución. Todo tenía que ser oculto, por ello era tan apasionante. Estudiaban con profundidad el «Pensamiento guía del presidente Gonzalo», también el proceso histórico de Mao Zedong, cuyo pensamiento era conocido como maoísmo, en parangón al marxismo y leninismo.

Alonso había leído muchos libros de las corrientes socialistas y comunistas. Un libro que le encanto fue «La noche quedo atrás» de Jan Valtin, que era el seudónimo del comunista alemán y espía soviético Richard Julius Hermann Krebs, en esta novela el idealismo de una vida llena de peligro y engaño, es matizada por un gran amor; ser perseguido por Hitler y Stalin parecía cobrar el gran entusiasmo de sus lectores y de Alonso.

También le fascinó los «Siete ensayos de la realidad peruana» y «La escena contemporánea» de José Carlos Mariátegui La Chira. «Del socialismo utópico al socialismo científico» de Friedrich Engels, «La lucha de clases» de Doménico Losurdo, «La ecología de Marx: Materialismo y naturaleza» de John Bellamy Foster, «La Revolución Española» de Andreu Nin, y muchos otros más.

Su adoctrinamiento autodidacta no consiguió borrar el resentimiento por la muerte de sus padres a manos del terrorismo. Analizó que ninguna lucha tenía sentido si estaba cargada de dolor y sangre, arrebatarle a un niño a sus padres no tenía perdón. Nació una disyuntiva del camino a seguir.

Un día cualquiera, el «Camarada Alipio», lo abordó en las escaleras de ingreso a la facultad de Comunicación.

–El dolor sirve cuando se busca el bien común, sin grandes sacrificios no hay victoria –como si intuyera sus dudas revolucionarias le dijo a boca de jarro prosiguió: –me he enterado que eres un extraordinario escritor de ensayos y discursos, quiero que me ayudes a realizar un discurso para el debate que sostendrán los candidatos al Centro Federado de la universidad, estamos apoyando a Javier Montero.

–Lamentablemente no puedo porque tengo programado un viaje a Roma, pero cuando retorne te apoyaré decididamente, no sabes cómo siento no poder colaborar –respondió Alonso con mirada firme.

Alonso viaja a Italia por invitación de Pedro Pinglo, Obispo de Roma, quien quería conocerlo e invitarlo a que abrazara la vida religiosa en atención a las cartas que le envió el Padre Juan Ernesto; además, fue amigo muy cercano del difunto Eduardo. Pedro Pinglo, además de sus actividades eclesiásticas, es catedrático de la Pontificia Universidad de Santa Cruz, donde enseñaba filosofía. Tenía setenta y dos años de edad, pero su extraordinario estado físico lo hacía lucir mucho menor, los cuidados de una alimentación saludable y la práctica regular del tenis habían tenido éxito.

Alonso es recibido con una cena opípara, de abundantes vegetales, proteínas cuidadosamente cortadas y sin carbohidratos. Una mujer servía la comida con un traje holgado que no hacía justicia a su escultural cuerpo, que podía observarse únicamente con el viento y los movimientos que realizaba, su nombre era Azra. Cae repentinamente una servilleta y ambos, en su afán de recogerla, cruzan miradas. Sería el nacimiento de una amistad, y algo más.

El padre Pedro coloca una música instrumental a volumen bajo que permite conversar.

–Tenemos que hablar algo muy importante Alonso –dijo el clérigo, borrando de su rostro toda amabilidad, pero en tono paciente– quiero que sepas que fui muy amigo de Eduardo, él me ayudó mucho cuando tuve problemas en el seminario en Buenos Aires, le debo la vida. Te resumo la historia: mi padre siempre censuró y desaprobó que su primogénito abrace la vida religiosa, para él era una vida de pecado oculta, la iglesia estaba llena de maricones, depravados e insanos. Un día de abril, mi padre atrapado por el alcoholismo y las drogas, había decidido asesinarme, prefería un hijo en una tumba que en un altar como cura, para cumplir dicho propósito, agarró su navaja de afeitar, se dirigió a la avenida Gaona, donde está la Basílica de Nuestra Señora de Buenos Aires, y cuando pudo divisarme, corrió con el arma blanca apuntando el centro de mi espalda, a menos de un metro, ésta fue desviada por la mano derecha de Eduardo, ocasionándole un profundo corte que requirió doce puntos de sutura, es por ello que en realidad le debo la vida a quien te quiso tanto. Nunca denuncié a mi padre por tentativa de un delito, lo perdoné en nombre del Señor y lloré cuando falleció. Hasta su odio por la iglesia me ayudó a amarla más y a afianzar mi convicción. –Pausó y prosiguió tras una profunda respiración–. Alonso, soy muy respetuoso de las decisiones personales, por el profundo agradecimiento a Eduardo que casi da la vida por mí y que fue como un padre para ti, solo quiero pedirte que te quedes tres meses aquí y que tomes la mejor decisión, la cual siempre respetaré.

Alonso agradece su hospitalidad y confianza, asintiendo quedarse por el tiempo propuesto. Azra escucha la conversación, sintiéndose mal por el fisgoneo, pero feliz por la permanencia de aquel joven, su corazón estaba alegre.

Pedro comunica a Alonso que tienen establecidos los horarios de las comidas; asimismo, le informa que necesita un apoyo en la cátedra de filosofía que dicta, la misma que tiene un estipendio sufragado por el arzobispado.

Se levantan del comedor, caminan por el recinto, enseñándole sus instalaciones y la habitación que ocupara, dispensándose, por ser la hora de dormir que cumple a cabalidad y rigurosidad.

Alonso no tiene sueño, está en los pasadizos fumando un cigarrillo Camel, aparece Azra, nuevamente se miran, sienten una atracción inmensa, solo atinan a decirse buenas noches «*buona notte*» de forma sincronizada. Ambos se alejan sin dejar de mirarse, él soñará con ella y ella con él.

Todos los pasadizos y el patio interior de esta construcción medieval se calientan suavemente, con los primeros rayos del sol, la edificación está adornada de piedra pulida, cuadros de Gian Lorenzo Bernini y Miguel Ángel, con marcos en pan de oro tallados, lámparas de bronce forjado, todos los baños de mármol blanco Macael, la decoración da una extraña miscelánea de lo adusto y lujoso. Esta casa o recinto seguro habría dado refugio a los valientes que lucharon contra los templarios y cátaros.

El desayuno está servido, Pedro ha retornado de la misa de siete de la mañana, tiene un pulcro terno negro, una inmaculada camisa blanca Gucci, se saludan y empiezan a comer las tostadas recién orneadas, queso azul, *prosciutto* y el café aromatiza el aire. Informa a Alonso que acabado el desayuno se dirigirán a la universidad para que enseñe las labores que tiene que hacer. Felizmente el idioma no era un problema, Eduardo había enseñado el italiano desde muy niño a Alonso y lo practicaban regularmente, incluso veía muchas películas italianas sin subtítulos.

A Alonso se le encargó que en la biblioteca de la facultad de Filosofía ordenara las citas y libros que Pedro había compilado en más de 25 años de docencia, le parece un trabajo muy arduo pero importante porque aprendería mucho.

Se convirtió en una práctica diaria que, pasada una hora, tras acabada la cena, el pasadizo y el cigarrillo esperaban la aparición de Azra. Conversan trivialidades, son las dos de la mañana y ninguno quiere irse a la cama, al menos solos, pero tienen que despedirse, el tiempo era el peor enemigo, tanto porque transcurría muy raudo cuando estaban juntos, y tan lento cuando la lejanía los separaba.

Una tarde, regresando de la universidad, Alonso pregunta a Pedro cómo había llegado Azra al arzobispado.

–Mira, sabes que la antigua Yugoslavia estaba conformada por Bosnia y Herzegovina, Montenegro, Croacia, Macedonia, Eslovenia y Serbia, a causa de las guerras, ésta se desintegró en 1991, la guerra bosnio-croata fue muy sangrienta. En Sarajevo, la capital de Bosnia, muchos niños quedaron sin padres. Los bosnios recibieron el apoyo de los Guerreros Santos, llamados Muyahidines, que eran musulmanes, una mujer madura musulmana entregó a Azra al padre Arturo Ampuero, a quien informó que la menor no dejaba de llorar hacía ya dos días y que no había probado alimento alguno. La menor dejó de llorar cuando Arturo la abrazó, desde ese momento la cuidó como a una hija, más al enterarse que los padres de la niña habían muerto en la guerra. El mismo padre Ampuero la dejó en el arzobispado por cuanto ya no podía hacerse cargo de ella, debido a sus ochenta y nueve años de edad y una cirrosis terrible que acabó con su vida. Cuando la niña llegó, los brazos de las chicas de servicio fueron su mejor aliciente, la cuidaron con mucha ternura y formó parte de cada una de ellas, era como si tuviera siete madres, ahora que tiene 22 años estudiará el próximo semestre en *L'Universitá di Roma Tor Vergata.*

Alonso se sintió más enamorado y compenetrado con ella, tenían historias casi similares, sus padres muertos y fueron criados por clérigos. Se preguntaba si en la vida había casualidades o si simplemente recorríamos aquel camino que el Señor tiene señalado para cada uno.

Ambos con ansias, pero en secreto, esperaban que las horas transcurrieran lo más rápido posible para el encuentro nocturno.

Las papilas gustativas de Alonso no advertían el sabor de la cena por el afán de ver nuevamente a su amada a solas. En el mismo pasadizo que se había convertido en área sagrada para ellos, los óleos acompañaban el silencio de la noche, la refrescante brisa agitaba sus prendas, ambos se miraban como la primera vez, no había confianza, pero tampoco lejanía, ella se acercó tratando de decirle con los ojos que lo ama, él coge la mano de la rubia mujer y la conduce a su habitación sin pronunciar palabra alguna, se sientan en la cama de madera tallada y colchón duro.

Tomando la iniciativa, él se acerca y tímidamente le da un beso en los labios para luego retirarse buscando aceptación, la cual fue correspondida con una sonrisa acompañada de rubor en las mejillas. Se besaron gran parte de la noche, se acariciaban y no querían que las horas siguieran su curso.

Al día siguiente la universidad, la ciudad y las notas de filosofía no importaban. Era un joven afortunado, un hombre con suerte, había encontrado el amor que tanto buscan los hombres y que pocos lograran encontrar. Todos los días se reunían en la habitación de Alonso. El pasillo lucía ahora desolado, pues los enamorados lo habían dejado atrás, ahora por un espacio más íntimo.

Han transcurrido cuarenta días. Alonso, después de su trabajo en la universidad, recorre los barrios de Trastévere y Monti, donde bebe dos vinos *Canaletto Montepulciano*. Esa noche, los tórtolos empezaron a besarse apasionadamente, él acarició los senos sin control, ella no lo detuvo; sin darse, cuanta ambos ya estaban desnudos, hicieron el amor, esta y todas las noches, era muy feliz y ella también.

A escasos cinco días antes del retorno de Alonso a Lima, descubre que Azra hurtaba el dinero de las ofrendas de la misa, siente decepción, preguntándose si acaso no sabía que ese dinero servía para sufragar los gastos de hogares refugio para niños que habían perdido a sus padres, como ellos. Se sentía muy indignado. El amor que sentía por ella no podía abalar tamaña agresión. Pero lo que más le lastimó fue el cinismo en negar el hurto. Se sentía decepcionado y con el corazón partido, se puso a llorar en su habitación preguntado a los cielos: «Dios, ¿acaso no puedo ser feliz?», no tuvo respuesta ni consuelo.

–No es necesario una respuesta, está todo muy claro, espero que te vaya bien, sabe Dios que he tratado, pero cuando las aguas tienen corrientes distintas es mejor que sigan su rumbo –dijo el Padre Pedro Pinglo la noche antes de su retorno a Lima, durante la cena. Lo decía con tono de derrota–. Espero volverte a ver Alonso, siempre estaré a tu disposición, y si te ves con el padre Juan Ernesto es preferible que obvies todo esto.

3. EL KARATEKA Y LA PRENSA

Alonso, para afianzar su estado físico, empezó a tomar clases de Aikido y Krav Maga, arte marcial y de defensa personal, las cuales practicaba hasta cuatro veces por semana.

Martina, desde su retorno a Lima, se encontraba esquiva, no ha ido a recibirlo al aeropuerto y tampoco respondía a sus llamadas telefónicas. La razón de su alejamiento es que se encontraba gestando, se había embarazado de un exitoso empresario textil, quien tenía una esposa y tres hijos. El potentado por la noticia del embarazo le ha comprado un departamento y una camioneta del año. Alonso no podía competir con el comerciante. Nunca más volvería a ver a Martina, corría el rumor de que vivía en los Estados Unidos de América, por advertencia de la esposa del infiel.

La política y la revolución, han perdido importancia en la vida de Alonso. Entre sus clases de la universidad, estudios autodidactas de filosofía y el aikido, su vida estaba ocupada, trataba de ocupar la mayor cantidad de horas en actividades para apaciguar los dolores sentimentales que le produjeron Azra y Martina.

En una clase universitaria conoce a Matilde Humer, una chica delgada y atractiva, diez años mayor que él, almuerzan juntos los días de martes y jueves. Ella tiene una hija en Arequipa a quien la visita todos los fines de semana. En uno de esos viajes decide acompañarla y viajaron en un bus de la compañía Cruz del Sur. Camino a *la Ciudad Blanca*, Alonso pensaba cuán grande era el amor de una madre, no importaba las quince horas de viaje, ni el cansancio que ello ocasionaba, los momentos que compartía Matilde con su pequeña los valían.

Él se hospeda en un hotel, ella está desesperada por el encuentro con su hija, acuerdan verse por la noche. La avenida Dolores es una arteria donde coexisten innumerables restaurantes, bares, discotecas y más. Cuando los amigos recorrían sus primeras cuadras a paso lento, un joven robusto de estatura militar con la mano derecha toca y levanta el trasero de Matilde, propiciando como respuesta una bofetada que no se concretó por el quite del depravado. Alonso estaba nervioso e indignado

–Vamos, este tipo está loco–.

El muchacho agresor empezó a insultar a Alonso

–Seguro nadie la agarró como yo a tu hembrita, ¡marica, chivo! No tienes los pantalones para defender a tu *germa*.

Los vilipendiados, siguieron su rumbo tratando de ignorarlo. Parecía haber terminado dicho episodio bochornoso, pero no fue así, Alonso recibe un plantillazo en medio de la espalda y cae casi sin reacción. Pero, cual increíble Hulk, Alonso se levanta y golpea con brutalidad al matón, la práctica de aikido y krav Maga, eran usadas en una situación real. La golpiza fue tan seria, brutal y violenta que Matilde tuvo que defender a quien minutos antes la había atacado.

El hombre ladino tenía toda la cara llena de sangre, dos dientes yacían fuera de su boca, su camisa estaba desagarrada y su nariz rota.

–¡Auxilio, me roban!, ¡ayyy, ayyy! –. Los gritos fueron anuncio para que Alonso y Matilde emprendieran la huida. Pasaron de ser agredidos a agresores. La vida cambia en minutos.

Llegaron al hotel y en señal de agradecimiento Matilde le empezó a besar y acariciar al valiente, tuvieron un encuentro sexual intenso que los dejó profundamente dormidos. A la mañana siguiente, Matilde, con un salto de desesperación, dice mientras se viste:

–Tengo que irme a despedir de mi hija– con un beso en la mejilla se despide.

El retorno a Lima es a la una de la tarde. Alonso tenía tiempo suficiente para alistar su mochila y descansar o recorrer un poco la ciudad. Enciende el televisor, en el canal de noticias local dan cuenta de que la delincuencia en esta ciudad cada día crece más; la noche pasada, un delincuente limeño, en compañía de una fémina, a fin de arrebatar un celular a un transeúnte, le había roto el tabique nasal, desprendido dos costillas, partido la clavícula y quitado dos piezas dentales, además de ocasionarle un traumatismo encéfalo craneano severo. Alonso se dispuso a evaluar la furia con la que había reaccionado ante la provocación de aquel muchacho mal criado, y si la brutalidad de su reacción era proporcional al daño. Parecía que había descargado en su víctima toda la rabia contenida en tantos años por la muerte de sus padres, la deslealtad de Azra y la infidelidad de Martina. Aunque no se sentía feliz por agredir a otro ser humano, estimaba haber realizado lo correcto.

–Se lo buscó, ahora aprenderá a respetar a las mujeres– se repetía a sí mismo para darse fuerzas.

Alistó sus pertenencias y se dirigió rumbo a la estación de bus Cruz del Sur, hasta que llegó su compañera de viaje y abordaron juntos el ómnibus de retorno, ella estaba muy triste por haber dejado a su hija entre sollozo y suplicas para que no se fuera.

–Así es la vida, si no trabajo ella no come, ser madre soltera es muy difícil– prosigue con tono de institutriz –te cuento que he tratado de conseguir trabajo en Arequipa, pero ha sido muy difícil, cuando informo que tengo una hija sin padre, las miradas cambian desde un «va a ser difícil porque aquí hay días que se trabaja hasta muy tarde», o «en esta fábrica solo se reciben chicas sin problemas». Aunque parezca algo del siglo pasado, aun tener un hijo sin padre es materia de discriminación o aprovechamiento, piensan que una madre soltera está desesperada en conseguir a alguien que la mantenga y sea padrastro de su hijo. Felizmente en Lima encontré un lugar donde trabajar, que me permite pagar los gastos que demanda el cuidado de mi hija; además, sus abuelos la adoran, están muy felices con ella.

Matilde, agarrándole la cabeza con ambas manos, le da un beso en los labios, agradece por haberla defendido, continúan besándose, dirige las manos a la bragueta de él, saca el miembro viril que ya está erecto, empieza a sobarlo para después introducirlo en su boca, hasta que siente una eyaculación precoz. Estar ubicados en el último asiento del bus, a veces era una bendición.

Durmieron profundamente, lo que coadyuvó a no sentir lo tedioso del viaje. Se levantaron ambos una hora antes de llegar al destino. Alonso le comenta a Matilde que la golpiza había salido en la televisión local arequipeña, pero que tergiversaron los hechos, informando que se trataba de un asalto.

–Alonso, ¿acaso no es sabido que siempre los medios de comunicación solo quieren vender y no les importa corroborar las informaciones? La verdad no importa.

Desde ese día ya no creía mucho en los noticieros, y se preguntaba cuanta información falsa se emitirá, cuantas cortinas de humo se propalarán por intereses subalternos, sus conclusiones serían abaladas años más tarde.

4. UN JAPONÉS CORTADO

Las elecciones presidenciales del Perú se habían programado para el domingo 8 de abril de 1990. Cinco meses antes, Javier Lévano apareció en todos los mítines como el presentador de Mario Vargas Llosa, quien representaba al Frente Democrático. Era una campaña formidable para el escritor, por los grandes recursos con los que contaba dicho partido, apoyo de los sobresalientes estrategas y gurús del marketing político latinoamericano de la época y las cifras de las encuestadoras, parecía una victoria consumada.

Felipe Lévano había sido vicepresidente de La Federación de Estudiantes de la Pontificia Universidad Católica del Perú, tenía una contextura atlética por dedicarle dos horas diarias al levantamiento de pesas, su rostro armonioso, ojos pardos y el metro ochenta y cuatro de estatura podía resultar irresistible para algunas féminas universitarias, pero lo que más llamaba la atención, aparte de su físico, era su oratoria y carisma, moldeado por jornadas interminables de estudio y reflexión en bibliotecas, y por el amor especial a la lectura de novelas y poemas.

Alonso era muy amigo de Felipe, aunque ahora estaban en distintas universidades, siempre mantuvieron una comunicación constante. Una tarde de verano se encuentran los amigos en el Bar Queirolo de Pueblo Libre. Felipe agradece que asistiera a la invitación y le comunica que lo había convocado para pedirle su apoyo en la campaña del escritor, argumenta que es la única posibilidad para el Perú, no solo por sus conocimientos y contactos, sino fundamentalmente por su decencia e integridad del candidato.

–Es necesario para la política peruana que alguien con dichas cualidades enarbole las acciones necesarias para salir del subdesarrollo y miseria que la había condenado la desastrosa gestión de Alan García Pérez. –Prosiguió–. Te digo en forma clara y concreta: en este momento tengo información confidencial y confiable que revela la victoria de Mario, pues el único candidato que ha crecido en las encuestas es el desconocido Albero Fujimori, quien representa a los cuatro gatos del Movimiento Cambio 90, pero como sabes, en política nada está dicho, y menos en el Perú, por ello es necesario contar con tu apoyo para saber cuál es el sentir de los estudiantes de la universidad nacional más grande del país. También es necesario que nos proporciones información de qué personajes tienen ascendencia en los dicentes a fin de asimilarnos a nuestro movimiento.

Alonso acepta ayudarlo. Transcurridas tres semanas, en una siguiente reunión, Alonso le comenta:

–Felipe, quiero ser sincero contigo, no solo por la amistad que nos une, sino también por este país, quiero decirte las cosas en forma directa y sin rodeos, no te pongas una venda en los ojos por las cifras de las encuestadoras, el sentir popular es que el círculo de Mario Vargas Llosa está únicamente agrupado y conformado por los oligarcas de este país. Su discurso está muy lejano del votante promedio, yo no creo que la diferencia en la intención de voto sea tan grande. Ten mucho cuidado, tu campaña tiene que acercarse más al pueblo, cambia el lenguaje. Te lo confirmo Alberto Fujimori está creciendo y mucho más de lo que crees, no solo en la universidad donde estoy, también he viajado por las provincias de Lima y escucho mucha adhesión al chino. Este chino cochino no es ningún tonto, ha captado esa enorme masa que no sabía por quién votar. Es siempre más fácil y efectivo presentarse como el pequeño candidato que se enfrenta a los gigantes banqueros y millonarios del Perú cuando ven una campaña carente de recursos frente a otra millonaria, la gente se ve identificada con el menor, con el indefenso, es un juego político. En sociedades como la peruana, que están cargadas y enfermas de odio y rencor contra los ricos que son parangones de los latifundistas del pasado, la razón no tiene lugar, el voto es más emocional que racional, pero tampoco la soberbia es buena consejera. Veo mucha altanería.

Felipe está con el rostro desencajado, su amigo le había dicho lo que él ya había percibido, pero tenían que ser constatadas sus sospechas. Agarra del antebrazo a Alonso y le dice:

–Gracias, querido amigo, todo lo que me has dicho era algo de lo que yo me había dado cuenta, pero ahora ya no puedo hacer nada, se están encargando de la campaña personajes que no tienen idea de lo que pasa en las calles. La burbuja en la que viven alimenta sus egos, no los deja ver la realidad, con decirte que ni siquiera puedo ver a Mario. Créeme que ya no puedo hacer nada. Que sea lo que Dios quiera.

Felipe admiraba mucho a Mario Vargas Llosa, lo tenía en lo más alto por ser su escritor favorito, por su trayectoria personal, su integridad e inteligencia. Sin embargo, lo frustraba que el novelista exitoso no se diera cuenta de que estaba siendo secuestrado por un círculo infranqueable de políticos y oportunistas. Le dolía mucho reconocer que de repente su candidato no estuviera preparado para lo más oscuro y nauseabundo de la política nacional.

Llegó el día de las elecciones, Mario Vargas Llosa obtuvo el 32.6% y Alberto Fujimori el 29.1% de los votos, con lo cual, al no tener mayoría, ambos tendrían que medirse en una segunda vuelta.

La segunda contienda electoral se programó para el 10 de junio de 1990. Felipe ya no participó activamente en ella. Alberto Fujimori, con su eslogan «honradez, tecnología y trabajo» ganaría con un aplastante 62.4% frente al 37.6% de su contendor. También ese mismo año se eligió a 180 diputados y 62 senadores. El primer reto para Fujimori era gobernar con un parlamento eminentemente opositor, es por ello que, a efectos de tener éxito en su gestión, tenía que adoptar una decisión importante que le permitiera tener control político, es por ello que decidió disolver el legislativo el 5 de abril de 1992, con el llamado «auto golpe»; para ello, meses antes se reunió con los mandos militares, quienes le dieron luz verde. La disolución del congreso, la lucha antiterrorista y otras acciones gozaban de la aprobación popular, el romance con el pueblo, principalmente del interior del país, había comenzado.

Alonso veía un cambio en su universidad, los militares y grupos de inteligencia habían tomado el control, los que realizaban pintas y protestas en contra del régimen pasaron a la clandestinidad, libros enteros del maoísmo se quemaban a diario, no era un juego siquiera tener libros comunistas, por cuanto era motivo suficiente para ser apresado o desaparecido.

Alberto Fujimori realmente realizó muchas obras importantes para pueblos olvidados del Perú, y se veía ello en el norte, centro y sur, también en el oriente de la nación. Por ejemplo, la carretera que comunicaba a Cusco con Abancay y Ayacucho con Lima, que eran añoradas por muchas décadas, ya era una realidad.

Alonso tenía mucha fe en esta administración y se volvió un incondicional del nuevo régimen. Fujimori también condujo una lucha contra Sendero Luminoso y el Movimiento Revolucionario Túpac Amaru, instaurando la guerra de baja intensidad que Humberto Jara en su libro «Ojo por ojo» desarrollaría y explicaría con gran elocuencia.

Así transcurrieron cinco años, hasta que se programó para el 9 de abril de 1995 las elecciones presidenciales en la que salió victorioso Fujimori nuevamente, lo que se traducía en júbilo y esperanza. En las calles de la capital, Lima, y en toda la nación se percibía un ánimo casi unánime, sin siquiera imaginarse nadie que este segundo periodo presidencial sería uno de los más desastrosos de la historia de este país.

Las vendas en los ojos con que estaba la población se irían desplomando día a día, y se escribiría una de las etapas más oscuras de este país.

El día del triunfo de Fujimori, Alonso se encontraba con unos amigos bebiendo unas cervezas en un parque de la Residencial San Felipe, cuando de pronto un vecino ebrio, con caminar de equilibrista, gritaba a voz en cuello «Viva Fujimori», «¡Viva Fujimori!», y cantaba la canción «Tabaco, tabaco, tabaco y ron» y cuando se disponía a seguir con sus arengas, súbitamente empieza a orinar en un altillo de tres escaleras, pero de repente pierde el equilibrio y cae sin reacción con el miembro viril al aire, solo atinando a llamar a su hermano con una voz de dolor: «Josheee, Josheee», el hermano raudamente llegó y lo levantó, pero tuvo que llamar a una ambulancia por desprendimiento de pene, quedando solo una pequeña mancha de sangre de lo ocurrido. A este personaje nunca más se lo vio, ni cuando se mudó su familia. La vergüenza los cambió hasta de lugar de residencia. Nadie imaginaría que meses más tarde sería nombrado viceministro.

Tolo lo bueno que aparentemente el gobierno de Fujimori desarrollaba, se iba desmoronado, especialmente por la violación de derechos humanos y actos de corrupción. Alonso pasó de la admiración al odio y repudio, salió en barias oportunidades a protestar contra el régimen, Gustavo Gorriti y Alejandro Toledo, abanderados de las protestas, eran las personas a seguir a fin de acabar con el enorme daño hecho al país.

En medio de las protestas contra la dictadura, por inmediaciones de la Plaza San Martin, Alonso se encontró con el llamado «camarada Alipio», quien le solicitó hablar unos minutos y ambos se dirigieron rumbo al Bar Queiro del jirón Camaná.

–Estimado Alonso, las cosas han cambiado mucho, solo el gran daño que le ha hecho este régimen al país se cuantificará cuando termine, quiero ser transparente contigo, la revolución está moribunda por cuanto los cocaleros de los Valles del Río Ene y de la selva central ya no prestan la ayuda económica que se requiere, tú sabes que sin financiamiento las cosas son mucho más difíciles. –Comenzó a decir Alipio.

La media botella de pisco se había acabado, y con ella la conversación, el vacío de las copas era como las palabras de Alipio, pero antes de levantase, el terrorista coloca su maletín sobre la mesa, y empieza a buscar entre papeles una carta, al encontrarla le dice:

–Hace más de un año que no puedo ver a mi madre y hermana, ellas han sido interrogadas por el ejército y sé que las tienen vigiladas, esta carta quiero que se la entregues a ellas, yo mañana estoy viajando a

Cochabamba, Bolivia, ahí estaré más seguro, por el momento, mis familiares no quieren saber nada de mí, por mis convicciones políticas han sufrido mucho. Ellas viven en Miraflores, el Distrito más acomodado de la ciudad, si tienes alguna duda puedes abrir la carta que es simplemente de despedida. Que se enteren que estoy bien de salud y que pronto regresaré.

Claro está que sabía que Alonso no vería la carta por ser un hombre de principios. Despidiéndose para siempre.

La mañana siguiente, la curiosidad carcomía a Alonso, pero debía respetar la confidencialidad de la misiva. Sin embargo, a modo de justificar su averiguación, se decía a sí mismo que sería peligroso no saber el contenido de la carta y la abrió con extremo cuidado.

La epístola con una caligrafía pulcra decía:

Querida Mamá Julia y hermana Marcia, en mi vida ustedes son lo más importante, en realidad son lo único que tengo. He vivido mucho tiempo en la selva y sierra del país, siempre he estado bien, conocer cómo sobreviven nuestros compatriotas ha sido la mejor enseñanza que he tenido, quisiera que entiendan que he decidido vivir una vida diferente, una vida con propósito, aunque me cueste la vida.

Los destellos de una patria diferente son los ideales que he abrazado, la opresión de la clase trabajadora y de los campesinos, no puede seguir, ¿cómo será posible que mucha gente hecha a perder comida cuando muchos mueren por no conseguirla? Niños y ancianos sucumben en su búsqueda, eso no puedo tolerar.

No quiero que recen por mí, solo quiero que me guarden en sus corazones, en las próximas semanas estaré en un país vecino donde me espera mi novia, se llama Ana Genario, quien se encuentra a la espera de mi primer hijo, el cual será su nieto y sobrino, respectivamente. Seguro las visitaremos pronto, las cosas están cambiando vertiginosamente.

También quería contarles que este tiempo de alejamiento servirá para enfocarme en realizar la tesis para optar el título de Ingeniero Agrónomo.

No escribo más porque esta carta tiene que ser incinerada, por ello la brevedad de la misma. Me despido diciéndoles que se encuentran grabadas en mi corazón y que habrá algún tiempo para estar juntos y disfrutar en familia.

PD. Quien lleva esta carta no es de mi confianza.

Como si supiera que Alonso finalmente leería la carta, en su despedida da una puñalada certera en el alma al indiscreto, por no respetar la confianza que había depositado en él.

5. ANDREÍNA TOMA UN TRAGO MUY CARO

Alonso se encuentra en el banco solicitando un informe de sus últimos movimientos financieros, al observar los mismos, advierte que no tiene mucho dinero, ha gastado el 15% de ahorros intangibles, los cuales debía tener íntegramente para afrontar alguna contingencia, como se lo había indicado, rogado y ordenado Eduardo.

Resulta indispensable trabajar con urgencia para cumplir con sus promesas y no seguir dilapidando sus ahorros. Por el lapso aproximado de seis meses, los días martes, jueves y sábado, Matilde se quedaba a dormir con Alonso. En una noche muy fresca de un verano incipiente, caminaban los enamorados por el malecón de Miraflores, estaban juntos en cuerpo, pero lejanos en alma. Con la cadencia de cada paso, sus pensamientos evocaban a una mujer mayor que lo llevaría a realizar prácticas en la televisión, de nombre Mónica Deli, y ella a su madre.

Matilde ya no podía más, la angustia y opresión tenían que terminar, estas últimas tres semanas fueron muy complejas, la noche parece la propicia, aun cuando las dudas abrazaban su corazón, era el momento ideal y no podía perder dicha oportunidad. Aferró sus manos a los antebrazos de Alonso, las lágrimas llenaron sus ojos, desbordándose lentamente. Le anuncia que va a ser padre.

–Estoy embarazada, tengo siete semanas de gestación, me he cuidado, pero algo salió mal, parece que fue esa semana que hicimos el amor en la biblioteca o en el baño de la facultad.

La cabeza y dorso de Alonso retroceden, sus ojos se agrandan, un aire de abstracción se siente en el ambiente. Un minuto fue suficiente para que, mirándola con dulzura, expresara con voz aturdida:

–Qué buena noticia, ahora tengo que cuidarte más, pero no se vuelva muy engreída usted.

Ambos ríen en silencio y se abrazan, repentinamente silba el celular del ahora fututo padre. Es Mónica. Contesta raudamente, en tono de misterio y a voz baja comunica:

–Mañana empiezas a las tres de la tarde, me buscas en el canal a esa hora, estoy en una reunión, no puedo hablar.

La comunicación terminó súbitamente. Recordó ese refrán: «cada niño viene con un pan bajo el brazo».

En el canal de televisión, Alonso tiene la oportunidad de realizar prácticas en el área de edición, todo es familiar pero nuevo; ingenieros y personal deambulan presos de sus labores, son amables pero distantes, el único que le ofreció una amistad es José Luis Arren, dándole la bienvenida.

–Mira, compadre. Tienes un padrino, eso lo saben todos, porque todos hemos llegado aquí igual que tú, así que no hay problema, te han asignado para que ayudes en el espacio de espectáculos del noticiero nocturno, ese programa se graba en vivo y esta conducido por Angie, hay que estar moscas porque en la tarde se realiza la edición de los videos que serán presentados esa misma noche, si es primicia, y los de relleno con un día de anticipación. Como el peruano es chismosazo, las noticias no pueden parar, siempre hay que joder a alguien, aquí te doy el contrato de confidencialidad, nadie puede saber las primicias ni nada del contenido del programa, si no cumples, mejor despídete de este y de todos los canales, ¿sabes? El mundo de la televisión es una cofradía.

Esa misma noche conoció a Angie, gracias a las incontables cirugías y metro ochenta de estatura lucía hermosa. Su seriedad y compromiso con el trabajo eran marcas de un sello personal, nunca sintió que tuviera aires de diva, al contrario, le dio confianza su lenguaje coloquial y sincero, pero siempre a la defensiva, no daba confianza a nadie. Ella era pareja del productor, pero nunca siquiera se daban un beso en el canal, parecían más amigos distantes que amantes. Otro rasgo de Angie es lo bien preparada académicamente que estaba, se notaba que leía mucho; pero no quería ser la intelectual, ni la aburrida, suficiente con su vida.

El espacio de espectáculos organizó un baby shower a Alonso y Matilde, quien ya tenía ocho meses de gestación, pero no participó la presentadora. Angie parecía haber tenido una niñez muy pobre, cuidaba hasta el último centavo como si estuviera económicamente en épocas duras.

Han transcurrido dos años en la televisión, Alonso ya tiene contrato y un hijo a quien mantener. El programa no se trasmitía en Semana Santa, el día miércoles anterior al Jueves Santo, era el último programa de la semana, ese día la presentadora estaba con el acelerador puesto. Cuando comenzaba el programa era como si con la luz de los reflectores otro ser humano apareciera en el set, como si una caricatura cobrara vida, no era ella, era una versión que había fabricado ella misma, para defenderse de sí misma, hasta parecía creérselo. Odiaba a los infieles, pues de adolescente sufrió una traición que le genero gran dolor.

Se da inicio al segmento de espectáculos.

–Mucho cuidado a esos tramposos, nuestros reporteros están por toda la ciudad grabando todo, mediten un poco que no sea una *semana tranca* más, dejen de chupar y estén en familia –expresó con sonrisa fingida.

El clima es tenso y de desdén. Habían ocurrido hechos que tenían a Angie muy preocupada, cansada e irritada, el productor la está ninguneando en el ámbito amoroso, además, esa semana se trasmitió con elocuentes imágenes cómo una actriz nacional ejercía la prostitución, producto de ello, su esposo se suicidó. Fue un error de la producción y conducción emitir dicho reportaje, más pronto que tarde traería serios problemas. La sintonía había caído unos puntos y la noticia de la prostitución parecía ser decisiva para estar nuevamente en el top de sintonía, pero fue una victoria pírrica.

La conductora ya no puede más, todos advierten su estado. Terminada la transmisión los integrantes del programa salieron raudamente porque el canal había organizado un campeonato de fulbito y otros tenían programados viajes al interior del país.

Alonso se quedó una hora más a terminar de ordenar lo pendiente, cuando increíblemente Angie salió del baño y le preguntó:

–¿Qué planes tienes para hoy?

–Ninguno.

–Te voy a invitar algo especial. Extrae del frigo bar, un Champagne *Moët et Chandon*. Abre la bebida con maestría, el espumante estaba helado, sus burbujas no se pueden ver, el vaso de plástico no hacia justicia a tan agradable bebida. Terminaron tres botellas del espumante.

La conversación fue amena, por lo que la conductora le propuso ir a su departamento «a tomar una botellita más». El tono era de consulta y orden a la vez.

El departamento tenía un decorado minimalista, estaba muy limpio y ordenado, la refrigeradora presentaba únicamente bebidas alcohólicas, hielo y tres envolturas de láminas de jamón serrano Pata Negra.

El ambiente parecía un santuario de descanso. Ante la ausencia de espumantes, presentó a la mesa del centro de la sala un Ron Zacapa, hielo en una cubeta plateada, una Coca Cola y limones partidos. Se sirven vasos generosos, ella termina en dos sorbos todo el contenido del vaso, Alonso trata de seguir el ritmo etílico de la conductora, ella advierte:

–Lo único que te pido es que no hablemos nada del programa.

Obedeciendo la petición de la presentadora, Alonso, para que exista un clima de confianza, empezó relatando que está harto de la madre de su hijo, desde que viven juntos su vida ha sido un desastre, ya no puede leer en las noches, ella quiere tener relaciones sexuales todos los días, no puede salir con sus amigos y, sobre todo, lo que detesta es que sus largos pelos nadan en la ducha.

Ambos se miran y ríen con complicidad, Angie exagera la gesticulación al hablar.

–Es una etapa que pasará poco a poco, te iras acostumbrando casi sin darte cuenta, es lo que hace el tiempo, hasta las peores costumbres pueden convertirse como de uno mismo.

La noche avanza inexorablemente, aunque los ebrios no se dan cuenta de ello, para ellos el tiempo se ha detenido. Están bebiendo la quinta copa en menos de cuarenta minutos.

La conductora, se traba con sus propias palabras, disculpándose y ordenando sus ideas profiere:

–Tú no sabes lo que es sufrir, Alonso. Puta madre, saber, callar, tragarme las mentiras del hombre que amas, para que no te deje por la chibola piojosa con la que se acuesta. Mira Alonso, a mí nadie me quiere, yo siempre quise tener un hijo, pero de alguien que me ame, dime, ¿pido mucho? También estoy harta que cada mes se presente en mi casa un nuevo familiar para que le preste plata o le regale algo. Dime qué mierda soy, ya no me hace feliz el dinero, ni el sexo, ni la fama, ¿para qué he luchado tanto?, ¿con qué objeto entregué mi vida a la pantalla?

Un silencio invade el espacio, ambos toman un sorbo más de licor. Los ojos de la conductora se ven deformados por el rímel derretido.

–Todos entregamos nuestras vidas a algo, algunos a un amor imposible, otros a sus hijos, otros a sus trabajos o profesión y otros, que son la mayoría, no saben para qué viven – comenta Alonso. Ríen, prosigue–.Está en cada ser humano darle un sentido a la existencia, procurar la felicidad, lo que no se puede comprar siempre es lo más importante. Puedes tener un auto de último modelo, la casa diseñada con grandes decoradores, pero tras un tiempo ya no te gustan, quieres cambiarlos, les encuentras siempre defectos; me parce que darle una moneda a un indigente te puede hacer sentir felicidad, porque no estas regalando dinero al mendigo, estas dándole esperanza, felicidad, alegría, y te conviertes en mendigo ahora tú de esas sensaciones.

Han terminado una botella y media de ron, la presentadora no deja de llorar, es un llanto de amargura y dolor. Ahora es imposible entender qué trata de decir Angie, sus palabras se entrecortan y no tienen sentido lógico, de pronto la conductora se agarra su boca con la mano derecha, inflándosele sus cachetes, se levanta raudamente con dirección al baño, de donde solo se escuchan arcadas. Alonso está ebrio, se toma el último sorbo y se retira.

Dicha velada le costaría el puesto a Alonso, por orden de Angie dispuso que lo coloquen en otro programa y si es en otro canal mejor.

6. EL PRESENTADOR Y ESCRITOR

Alonso, minutos después de recibir su carta de despido, visualiza un mail en su móvil, donde un funcionario del canal de televisión de la competencia le solicita que se presente cuanto antes para ser evaluado por el señor Milton Jauregui, jefe producción del programa «Futbol Total».

Cuando llegó a la puerta del canal, mampara de vidrio que se abría sola, en la recepción lo esperaba una dama hermosa, quien lo condujo hasta la oficina de Milton. Fue recibido con una sonrisa y voz amable.

–Mira, Alonso, sé que tienes experiencia por eso te he llamado, en este programa el tema de edición es fundamental, queremos que nuestra audiencia sea cautiva, a la gente le gusta el morbo, el doble sentido, la criollada y los chismes. –El productor se ríe y consulta– ¿Te parece si empiezas mañana a las diez de la mañana?

Alonso asiente, no sin antes agradecer por la confianza. El programa está dirigido por Jimy Lentinas, más conocido como, «El Cabezón», sobrenombre que no molestaba, ni hacía alusión a su esférica cabeza y copiosa cabellera, sino a su cociente intelectual privilegiado, claro está que pocos sabían la verdadera razón del apodo.

Alonso nunca pudo hablar con el presentador, era en extremo distante, únicamente se comunicaba con el productor y algunos reporteros. En honor a la verdad, era el mejor entrevistador de la época, era respetado por su agudeza, pero siempre en el marco del respeto, incluso con los entrevistados que detestaba.

El entrevistador, con una trayectoria consolidada, se mostraba a las cámaras como un conquistador empedernido y un experto en las artes amatorias, pero la realidad era totalmente opuesta, tenía profundas y enraizadas convicciones religiosas, las cuales fueron inculcadas por su madre, principalmente. Fuera de las cámaras era reservado y tímido con el sexo opuesto.

Jimy había escrito como siete novelas, colaboraba con artículos en las mejores revistas especializadas. Alonso no había leído nada del entrevistador por pereza intelectual.

Han trascurrido más de cuatro meses, es viernes, se ha convertido para Alonso, y para algunos de los camarógrafos, en una costumbre visitar algún bar. Ese día, en las primeras horas del día, tuvo una discusión con Matilde, lo que da carta abierta para no llegar temprano a casa. En una mesa llena de puntos oscuros que dan cuenta de su trajín y de las colillas de cigarro que nunca llegaron al cenicero, se sientan los colegas y ordenan una botella de Pisco, Sprite, hielo y limón cortado. Sin ningún orden cada uno de los participantes empieza a narrar sus anécdotas y ríen sin pausa. Repentinamente Alonso después de haber bebido el segundo vaso, se percata de que en otra mesa se encuentra Camelio Pinety, un programador con experiencia del canal, lo saluda con una venia. Con la mano derecha, Pinety lo invita a acercarse a su mesa que coparte con tres féminas. Luego de ser presentado toma asiento, no le dan mucha importancia las chicas y peticionan que Camelio continúe contándoles la vida del presentador Jimy.

–Chicas, a ese marica le encanta que lo adulen, y les aseguro que escribe hasta las güebas, además, su fama la ha construido en base al billete que heredó, pero no es nada más que eso.

Alonso siempre le indignó que se ninguneara a las personas y retrucó;

–Pero Camelio es un buen escritor, he leído sus novelas y son muy buenas, además han triunfado en el extranjero, es peruano, hay que apoyarlo, es un representante importante de la literatura que demuestra que en este país hay gente de valía.

Camelio con tono para desautorizarlo dice:

–También así lo es Laura Bozo ja ja ja.

Si bien es cierto que Alonso nunca había leído nada del escritor/presentador y mintió al mostrarse como un asiduo lector de Jimy, le parecía injusto que no lo valorasen en su propia tierra. Recordó que cuando viajó a Roma, nadie que conoció siquiera sabía de la existencia de Perú, solo ubicaban Machu Picchu; entonces, teníamos que hacer una tarea enorme en mostrar al mundo la grandeza de esta parte de la tierra, la riqueza no solo ancestral del legado inca y de las culturas que la habitaron; sino también que en la actualidad hay personas valiosas que desde sus ámbitos venían haciendo grandes esfuerzos para engrandecer y dar a conocer el nombre de un país que los vio nacer.

La reflexión que realizó Alonso deleitó a una de las muchachas de nombre Carmen Guardia, quien lo invitó a continuar libando en su departamento. Ambos tomaron un taxi vetusto con dirección a Miraflores. En el trayecto a Alonso le cobró factura haber bebido tres botellas de licor, aunado a ello el perfume abrasivo de la fémina terminó produciéndole nauseas, que no le da tiempo de contenerla, expulsando un líquido color amarillo vidrioso. El taxista, muy enfadado, sacó al ebrio de su automóvil.

Alonso, se acercó a un poste de luz y, apoyándose en él, continuó con las arcadas. La muchacha pagó el doble de la tarifa pactada por el inconveniente y se retiró en otro taxi, molesta y asqueada de aquel hombre que jamás hubiera querido conocer.

El día lunes en el canal, el suceso del fin de semana fue noticia, el chisme a todas las áreas había llegado, cada uno contaba su versión con una distorsión venida de su imaginación. A Alonso poco le importaba los chismes, sabía que serían pasajeros, «seguro otro suceso opacaría el incidente», se decía a sí mismo.

–Nadie toma de más una vez en su vida.

Se acordó del filósofo David Hume, quien decía que el hábito no explica la verdad sobre las cosas, y estaba convencido de que los seres humanos tenemos una disposición natural a ser buenos. Con un aire de superioridad, Alonso veía como pobres a los compañeros de trabajo, pobres de espíritu, y los perdonaba, entendiendo su desconocimiento, viéndolos no como enemigos sino como víctimas de su ignorancia.

7. PRESIDENTE DEL CONSEJO DE MINISTROS Y SUS SEGUIDORES

La monotonía en que se convirtió para Alonso trabajar en el Canal de Televisión, lo llevó a tener que peticionar vacaciones pendientes de goce. Tiene treinta días para descansar y buscar otra opción. Las puertas estaban cerradas, entregó muchos currículos, sin éxito. Sin otra alternativa, y consiente de un rechazo ipso facto, se comunica telefónicamente con Carmen Guardia, quien era secretaria en la Presidencia del Consejo de Ministros.

Fantaseó que hubiese borrado de su memoria la última vez que se vieron y el bochorno en el taxi. Carmen, cuando contestó la llama y se identificó Alonso, le pareció despreciable e inoportuno, pero más el atrevimiento para invitarla a cenar. Sin embargo, pensó que sería la oportunidad perfecta para decirle unas cuantas verdades al desubicado, por lo que aceptó cenar en la Pizzería Antica.

El encuentro se produjo un viernes frío del invierno limeño, el viento gélido hacía menear las pocas hojas en pie de los árboles desnudos por el temporal. Alonso la esperaba en una mesa cercana al horno de leña de dicho local. Carmen apareció exuberante, tacos altos, un bléiser fino y largo sin abotonar que abrían paso a un vestido negro con golpes de un rojo opaco, su maquillaje es tenue y hace justicia a su belleza natural.

Sentándose juntos, Alonso empezó disculpándose por el penoso momento que pasaron juntos, ella increíblemente ninguneo lo sucedido invitándolo a olvidar dicho episodio. Comieron una pizza Sandrita que posee tomate, prosciutto, albaca y generoso queso Mozzarella, y bebieron una jarra de vino de la casa.

La conversación se convirtió en algo agradable y muy alegre por la comicidad con las que contaba Alonso sus anécdotas. Sin darse cuenta habían bebido tres cántaros de vino, súbitamente estaban besándose apasionadamente, querían tener intimidad.

Ambos abordaron un taxi con dirección al departamento de Carmen, ubicado en la zona más exclusiva de Lima, la residencia era una combinación perfecta de sencillez, lujo, orden y limpieza.

Carmen estaba muy ebria, tuvo que llevarla cargada a su habitación, como si fuera su noche de bodas. La dejó descansando, quería estar con ella, pero era ya muy tarde, tenía que partir. Al día siguiente se comunicó con Carmen y le informó que no le puso el pijama porque no le parecía correcto, siempre la respetaría porque es una dama. A ella le agradaba mucho alguien que la considerase mujer y que no solo quisiera acostarse con ella, se sentía rara pero feliz y desconcertada, de repente había encontrado el amor de su vida, que era esquivo hasta ahora.

El martes próximo almorzaron juntos, Alonso le llevó una cadena de fantasía sin valor alguno, empero para ella su valía es inconmensurable, la conservaría en su cartera para recordarle a su verdadero amor.

El mismo día por la noche Carmen cenaría con el Jefe de Asesores de la Presidencia del Consejo de Ministros, Joel Palomino, quien le consiguió su trabajo actual y con quien tuviera sexo en algunas oportunidades. Pero ahora que salía con el propio ministro, este subalterno ya no le interesaba mucho, solo aceptó la invitación por agradecimiento y reconocimiento. Joel, en medio de la cena, le entrega una pulsera de oro blanco con incrustaciones de piedras Swarovski, ella lo recibe sin ánimo, esta alhaja sofisticada no valía nada para su corazón, pues tenía en su cartera una de su verdadero amor.

Carmen ya estaba enamorada, no dejaba de pensar en Alonso, casi parecía una obsesión. Salía de shopping, dedicándose únicamente a comprarle ropa a su amado, en su recorrido por las tiendas de departamento recibe una llamada del ministro citándola al lugar de siempre y haciendo hincapié en que llegue dos horas antes para evitar cualquier sospecha.

En la habitación, Carmen lo espera agarrando la cadenita y se dice: «lo hago por ti, esta es la oportunidad perfecta». Los amantes, sin mediar palabras, se besan y acarician salvajemente en la pausa posterior al primer coito.

Carmen, acariciando a Felipe Javier Barrenechea Rovinovich, le expone:

–Quería pedirte un favor especial, necesito con urgencia que coloques a un amigo mío de la infancia en el área de prensa de la PCM (Presidencia del Consejo de Ministros), es muy competente y seguro te ayudará en todo, además será tus ojos y oídos en dicha área.

El ministro accedió y Alonso empezó a trabajar en dicha área. Era conocido como el recomendado, en un principio impopular, pero cuando empezaron a tratarlo conquistó grandes amistades, logrando ser muy apreciado, aunque en estas esferas no hay amigos.

Su labor era realizar notas de prensa de las acciones que realizaba el ejecutivo, maquillar los desaciertos de la gestión y lanzar las llamadas bombas, que eran noticias mediáticas que tenían como objetivo hacer virar la atención de la ciudadanía, para encubrir las deficiencias del gobierno.

El romance con Carmen se había intensificado, los encuentros eran cada vez más continuos, la pasión se convirtió en algo más. Después de casi seis meses de supuesto idilio, a Carmen se le presentó la oportunidad de su vida, el embajador de Perú en Israel la nombraba como agregada cultural en dicha embajada. Ella no podía desperdiciar tamaña oportunidad, sin pensarlo se fue. Alonso sintió un alivio, no solo por terminar con esa relación adúltera, sino también porque le producía repugnancia acostarse con alguien que hacía el amor con funcionarios por interés, ¿acaso eso no era prostitución? Pero, ¿quién era él para criticar la vida de otro ser humano? Nadie sabe la verdadera razón, es mejor no criticar, si no que tire la primera piedra.

La semana siguiente el ministro programó una reunión en Piura con el Presidente Regional y Alcalde de esa localidad norteña. Las reuniones se desarrollaron en medio de promesas y más promesas que nunca se cumplirían, pero era lo que quería el público escuchar.

En la noche de ese exhausto día, la temperatura tropical de Piura hacía imposible dormir sin aire acondicionado. Alonso en su habitación del Hotel Costa del Sol se disponía a descansar, cuando se lavaba los dientes sonó el intercomunicador, era el edecán del ministro invitándolo a una reunión en la azotea. Le pidió cinco minutos para cambiarse y concurrir.

En la azotea está el ministro, tres asesores y el edecán, ríen al verlo con una laptop en la mano. La mesa de vidrio catedral estaba solo adornada por una botella de Whiskey Blue Label Johnnie Walker, dos cajetillas de cigarro, un cenicero y un encendedor, en la parte inferior un cooler lleno de hielo picado.

El ministro, como buen anfitrión, les sirvió el licor sin hielo, y expreso:

–Ahora vamos a tomar en serio, un seco para empezar, todos alzaron sus vasos y bebieron el contenido, los rostros hacían ver lo áspero de la bebida, pero ninguno se quejó.

El tiempo avanzó lentamente, la cuarta botella ya hacía efecto, las conversaciones son pueriles, en medio de las mismas, el ministro con voz de misterio dijo:

–Tengo algo que contarles –todos asumieron interés. – Lo que les voy a contar es algo de la vida real. Resulta que el ministro de educación vive con su señora en un condominio de La Molina, en ese condominio también vive mi cuñado. Saben que la esposa del ministro de educación se llama Inés, es muy hermosa, ha sido mis Trujillo hace muchos años, pero aún tiene unas curvas de quinceañera, unos senos prominentes y un *derriere* de infarto, mucho sartén para los huevitos del ministro –todos rieron sin parar y prosiguió–. Una mañana, un hombre moreno y fornido preguntaba por la dirección de dicha dama, encontró la puerta entreabierta ingresando y preguntando por la señora Inés ella, desnuda, se cubrió con su bata y recriminó al moreno, se preguntó cómo era posible que entrara sin tocar a la puerta, el vidriero le dijo que tenía que colocar un espejo en el baño de visitas, ella recordó que su marido le informó que cambiarían dichos espejos. El hombre, grande de tamaño, pero pequeño de modales, se veía extasiado por la belleza de dicha mujer, indicándole que retornaría en una hora a realizar su labor. Cuando se retiró el amanuense, la dama se destinó a darse un baño, la temperatura y el vapor del agua caliente eran agradables, el jabón recorría todo su cuerpo en repetidas oportunidades, imaginó que el jabón parecía un miembro viril, ella pensaba que el tamaño sería como del moreno que se apareció en su casa. Terminada la ducha se secaba el cuerpo y sonó el timbre, era aquel moreno, le abrió rápidamente la puerta, ordenándole dónde debía hacer su trabajo. Se había olvidado una herramienta en su camioneta y tratando de avisar a Inés se presentó en su habitación. Ella estaba comenzando a vestirse, miró de reojo, el moreno entró sin permiso y la agarró de la cintura, ya no le importaba que perdiera el trabajo o la cachetada que recibiría, la sujetó más fuertemente, besándole la espalda, ella no quería que parase, se sentía seducida, aprisionada por sus deseos, él con sus manos toscas acariciaba su ser, ella había esperado tanto ese momento, se dio vuelta y empezaron a besarse, se quitaron la ropa en cuestión de segundos, la penetró sin reparos, ella estaba mojada por dentro y por fuera, nunca había sentido un orgasmo en tan poco tiempo, gemía al principio en voz baja, ahora ya no importaba, gritaba de dolor y felicidad.

El narrador se reía interiormente por como su público cambiaba de cara, algunos se tragaban la saliva, y otros, de solo imaginar, endurecían sus miembros viriles.

El ministro cortó el relato con una carcajada

–¡Ja ja ja! Es una broma, ¡qué pajeros que son!

Todos empezaron a reír. Pero hasta ahora no se sabe si solo fue imaginación el relato o fue algo que realmente sucedió.

8. EL MIEDO DEL POLÍTICO POR OTRO MAS INTELIGENTE

La Alianza Popular Revolucionaria Americana (APRA) de Víctor Raúl Haya de la Torre, tenía entre sus cultos, inteligentes y disciplinados correligionarios a un joven: Alan García Pérez, quien poseía un carisma muy importante para la política y una oratoria impresionante, cualidades que usó para ser electo como miembro de la Asamblea Constituyente que redactaría la Constitución de 1979. Posteriormente fue elegido diputado por la ciudad de Lima de 1980 a 1985 y Presidente de la República del Perú los siguientes cinco años. Nace para la política nacional una figura que desataba los mayores apasionamientos y también los odios más encumbrados.

Alonso tiene una idea formada de Alan, simplemente no soporta su ego y arrogancia. Paradójicamente, la Presidencia del Consejo de Ministros había otorgado becas para que funcionarios destacados de los tres poderes del Estado pudieran estudiar en el Instituto de Gobierno y de Gestión Pública de la Universidad San Martín de Porres, resultando elegido entre estos Alonso. En el instituto, Alan García era docente, y ocurrió también que era su profesor. Noche a noche no podía dejar de sorprenderse con su indiscutible genio. Sin imaginárselo, comenzó a admirarlo cada vez más, hasta convertirse en su más importante referente como profesor. Lo admiraba, no solo por su erudición en conocimientos y saber comunicar de todos los temas, sino también por su cultura universal desbordante, su retórica formidable y por su indiscutible mente brillante. Los dicentes no querían que terminara cada clase, las cuales se extendían largamente mucho más allá de las horas programadas.

Alonso pensaba en lo equivocado que había estado y de lo mucho que se había dejado llevar por la prensa. Ahora sabía que ese hombre amaba realmente al Perú. De igual modo se dio cuenta que el liderazgo era algo innato, y que, si bien es posible aprender y entrenar, pues la práctica hace al maestro, existen seres privilegiados que nacieron con un don natural, y este, sin lugar a dudas, era el caso; por supuesto, Alonso era consciente de que no debía caer en la idealización del hombre, aun así, existía un respeto.

Es evidente que existían muchas sombras sobre su primera gestión, pero cada vez le parecía estar más frente a un estadista excepcional y sin competencia que ante esa figura que muchos identificaban como la expresión de la maldad y la sinvergüencería.

Alonso, por su trabajo, tuvo que entrevistar a muchos políticos, quienes cuando se referían de Alan, vociferaban los peores improperios, propios de la guerra política que siempre ha formado parte de la idiosincrasia latinoamericana. Había algo en el fondo más de envidia debido a su inconmensurable inteligencia, impacto físico, innegable carisma y arrolladora personalidad con la que, por supuesto, ellos no comulgaban. También es cierto que Alan había cometido muchos errores, en especial en su primer gobierno, y que luego procuró enmendar en el segundo. Sin embargo, nunca pudo sacudirse de las sombras y acusaciones que lo acompañaron hasta su muerte, también es cierto que no logró cumplir del todo su agenda política durante el segundo período.

Para el siguiente semestre electivo, Alan García tuvo que dejar la cátedra que desarrollaba en el Instituto de Gobierno e increíblemente, algo que nunca dejará de recordar con gratitud Alonso, es que había sido propuesto para que asumiera dicha clase. Cuando tuvo la oportunidad de agradecer dicho detalle, Alan, con esa sonrisa de candidato ganador de siempre, le dijo:

–Señor Alonso, no quería que usted lo supiera, pero déjeme decirle que lo he elegido por sus méritos y porque de verdad se lo merece, así que no quiero que me agradezca nada.

La generosidad de Alan lo había dejado perplejo, jamás hubiera podido imaginar que la misma persona a la que había combatido durante tantos años, pudiera ser la misma persona a la que ahora reconocía como un personaje incomparable y que tuviera un gesto de tanta confianza hacia él.

La vida nos da tantas sorpresas y está llena de tantos vericuetos indescifrables, que es muy difícil reconocer por dónde nos conducirá en el próximo giro o cuál es el camino que seguiremos al doblar la esquina.

La diferencia entre una quimera y una utopía es que la utopía *podría* ser posible, sin embargo, es difícil de alcanzar. El hombre es un animal político por naturaleza, y esta política impide lograr sociedades utópicas ideales.

Alan era eso: un político, un ser que se adaptaba a las circunstancias, un individuo con estudios que debía disfrazar su inevitable imperfección de hombre a través del carisma que transmite una sonrisa.

9. EL CANTANTE QUE NO CANTÓ

Alonso desde niño estudió mucho, casi como si fuera la única forma de sobrevivir al dolor de no tener padres, ha sido un buen estudiante en el colegio y universidad, ahora, súbitamente, es padre de familia. No había disfrutado mucho de la vida bohemia juvenil. En su trabajo conoció a Javier Montero, Luis Alberto Merino, Gerardo Menchu, Fernando Meza y Francisco Romero, los seis eran un grupo muy unido que almorzaban todos los días y cenaban todos los viernes. El grupo era intelectual, siempre preocupados por el acontecer nacional e internacional. Conversaban en una mesa siempre adornada por un bosque de cervezas, cada uno tenía una opinión valiosa, aunque a veces era refutada con violencia, pero en el marco del respeto amical.

Hablaban de literatura, política y mujeres. Admiraban a Gustavo Gorriti, que por ese tiempo tenía un programa de televisión, también a Mario Vargas Llosa y lo merecido de su premio Nobel. Cada semana cambiaban los personajes y las mujeres. Cada uno de los integrantes tenía su amor platónico, pero todos hablaban de Fabiola Vargas Switt, esa chica que tenía unos labios carnosos, figura de vedette y simpatía arrolladora, había tenido relaciones sexuales con todos los integrantes del grupo, pero era un secreto que todos callaban.

Alonso y Javier Montero, se dedicaron a tomar cerveza dos o tres veces por semana, el primero tenía muchos problemas con su mujer y el segundo sufría porque su esposa lo abandonó, cambiándolo por un hombre millonario, son hermanos en el dolor que solo era aplacado por el licor.

Un viernes, por invitación de un amigo del bar que nadie recuerda su nombre, fueron a un concierto en la Carretera Central, el local se llamaba «Cochas», y se presentaba como grupo musical principal «La Revelación 5.40», el recinto musical estaba repleto de una caterva ebria por las horas que habían destinado a libar y despejar sus mentes. Las canciones siempre contenían letras de desamor, infidelidad o desolación, el ritmo se virilizaba en los concurrentes. Alonso y Javier estaban en el *behind the stage*, tomando un Pisco Cuatro Gallos, el presentador, con voz de preocupación, advierte que se comunicó con el manager de «La Revelación 5.40», quien le confirmó que demorarían una hora más por el tráfico vehicular. Javier, a fin de que los asistentes no mostrasen su malestar, se ofreció para cantar unas canciones de Nino Bravo, a quien había imitado desde su juventud.

La banda le da confianza y los músicos le decían: «te seguimos». Lo presentaron como una sorpresa y la gente lo ovacionó, no solo por la gran imitación de voz, sino también por su interpretación. Cantó solo tres canciones, que fueron suficientes para ser ovacionado. Alonso no sabía que Javier cantaba tan bien, y le preguntó por qué no lo realizaba profesionalmente.

–Hermano, yo, modestia a aparte, además de cantar, también soy compositor. Vendí mi carro para hacer un disco pensando en el éxito, el producto es muy bueno, pero cuando fui a las radios para su difusión siempre me cerraron las puertas, intenté contactarme con los programadores y siempre me mecieron o colocaban una canción en horas de ínfima sintonía, así que el sueño se convirtió en desilusión. Los jóvenes que triunfaban eran porque tenían un gran apoyo económico. Las radios peruanas románticas han preferido siempre a los cantantes extranjeros, casi sin darle oportunidad a los nacionales.

10. DOS MUNDOS QUE NO PERTENECEN

El Presidente del Consejo de Ministros, fue removido de su cargo, lo que motivó el despido de los funcionarios que conformaban su círculo de confianza. Corriendo la misma «suerte», Alonso.

Empezó a dictar el curso de literatura en la academia pre universitaria «Los Ganadores». Las clases se dictaban en el segundo piso de una casona añeja de la avenida Tacna, el crujir de la manera de cada peldaño daba cuenta de su trajín e historia.

Es lunes por la mañana, corresponde desarrollar el legado del gran Rómulo Gallegos Freire, el venezolano que nació el 2 de agosto de 1884 y falleció el 7 de abril de 1969, quien, además, estudió derecho, pero dejó dicha carrera para dedicarse a su verdadera pasión: escribir. Entre su obras las más importantes están: «Cantaclaro» (1934), «Canaima» (1935) y, por supuesto, la más conocida e icónica «Doña Bárbara». También fue presidente de su país por un corto período en el año 1948; pero lo más significativo de Gallegos fue siempre su afán de asociar a los escritores hispanohablantes, es así que su proyecto fue la Asociación Literaria Hispano Americana Internacional, con el subtítulo de Gran Confederación Cervantina, si bien es cierto que Rómulo Gallegos nunca obtuvo el premio Nobel, en su nombre se instauró uno de los premios literario más importantes de la lengua española. Este escritor perteneció al *boom* que nos cuenta Xavi Ayen en su libro «Aquellos años del boom».

Las clases habían terminado y los dicentes estaban listos, o parecían estarlo, para el examen de admisión de la Universidad Nacional Federico Villareal. Un estudiante de nombre Wilson Falcón era el más preparado, pero no ingreso a la universidad y otros menos ilustrados sí consiguieron una vacante. Parecía una injusticia. Recordó la historia del ucraniano Jhon Demjanjuk, un hombre aparentemente común que vivía en una pequeña casa en Cleveland, trabajaba en la fábrica Ford, hasta que en 1986 su sueño americano se vio interrumpido cuando el Gobierno lo llamó Iván el Terrible, ese hombre abominable que empujaba a niños a las cámaras de gas, que cortaba los senos a las judías y disfrutaba de su brutalidad, ese monstruo nazi que recuerdan los sobrevivientes como el más abominable ser. Los Estados Unidos de Norteamérica en agosto 1985 presentó cargos contra Jhon Demjanjuk, el ucraniano de 66 años, por asesinato sistemático de seis millones de judíos y operario de la cámara de gas en un campo de exterminio en Treblinka – Polonia, empero, Jhon Demjanjuk siempre manifestó su inocencia, que se le estaba asignando una identidad que no le correspondía. Pero la prensa mediática, sin piedad, destruyó a su familia, ahora la identidad era el problema a determinar, saber si realmente era Iván el Terrible. Los Estados Unidos de Norteamérica no tenían jurisdicción porque dichos crímenes no se cometieron en el territorio americano, por lo que se desarrolló un proceso de extradición a Israel.

Los únicos que creían en Jhon era su familia, sus hijos nunca dejaron de creer en la inocencia de su padre. Obviamente un juez americano ordenó la deportación por crímenes de guerra y fue enviado a Israel, los fiscales israelís no tenían duda de que Jhon Demjanjuk era Iván el Terrible. En marzo de 1986 llegó a Israel, a dos horas de su llegada fue interrogado, miraba a los investigadores con una sonrisa imperturbable, su abogado Mark O´connor llegó a Israel, le dijo: «no serás ejecutado». Más de 15 abogados israelíes se negaron a defender a Demjanjuk, más teniendo en cuenta la idiosincrasia de la sociedad israelí. Nadie quería involucrarse, el único que aceptó fue Yoran Sheftel, que, según refieren, era un abogado a quien le gustaba el espectáculo, y parecía un juicio acomodado a sus gustos de exposición mediática.

El juicio era en realidad un espectáculo, muchos testigos afirmaron que el hombre que tenían en frente era Iván el Terrible, lo que motivo que fuera condenado a la pena capital, empero, esta decisión fue apelada y, finalmente, gracias a unos documentos desclasificados de la KGV, fue absuelto.

Alonso pensaba cuánta injusticia habrá en el mundo, cuántos inocentes sufrirán el flagelo de los sistemas de justicia precarios, el garantismo necesita instaurarse en las conciencias de los hombres.

Es domingo, las calles están, por instantes, vacías, pero en una ciudad de más de trece millones de habitantes es imposible sentir sosiego. Alonso ha asistido a misa, se ha abrazado con dos desconocidos dándose la paz, sin su esposa e hijo, siente un vacío que se acrecienta a cada paso, ahora es un vacío existencial, sentía una frustración de vivir en el Perú, un lugar con muchos prejuicios, era provinciano en una capital de hijos de provincianos que se ninguneaban unos a otros por sus colores de pieles, por los colegios donde habían estudiado, por el lugar donde vivían y, fundamentalmente, porque querían sentirse mejores que los demás, tratando de borrar sus orígenes.

Todas las fiestas, hasta las que se desarrollaban en las casas de los lugares más exclusivos de esta ciudad, terminaban en huaynos, la embriaguez los desinhibía. Pensaba cómo Vargas Llosa había descrito en «Conversación en la Catedral» esta ciudad, donde sus ciudadanos no tienen identidad, porque no son capitalinos ni provincianos. Alonso era un cholo más pero no se sentía ni provinciano ni capitalino, no sabía quién era, su identidad parecía un crucigrama sin terminar.

11. MUERTE AL ESCRITOR

Alonso tenía una formación religiosa muy presente, todos días que podía entraba a la iglesia a rezar, y los domingos asistía a misa sin falta. Odiaba a los ateos, protestantes, evangélicos, maranatas y a todos los que no fueran católicos. Con cierta regularidad recorría la avenida Camaná, donde se encuentran varios locales donde venden libros pirateados y originales usados. En sus exploraciones, encontró un libro que le pareció interesante, pero cuando en sus páginas daban cuenta que María Magdalena era mujer de Jesús y que incluso tuvieron varios hijos, le pareció una blasfemia que no debía seguir, averiguó todo sobre el autor, era un español de nombre Joaquín Pastor Paparullo, quien, por casualidad, dentro de un mes realizaría una conferencia en La Paz – Bolivia.

Alonso preparó el viaje para hacer frente a tan infame escritor. En La Paz se alojó en el Hotel Sagarnaga, las calles aledañas estaban atestadas de comerciantes ambulantes que ocupaban las aceras y pistas, el desorden era ancestral, los mercados Uyustos, Sopocachi, Calatayud, Yungas, y otros, habían tomado la ciudad. Pero a Alonso le gustaba mucho La Paz, era la segunda vez que visitaba esta ciudad de altura, le encantaba ir al Valle de la Luna, caminar por la Plaza Murillo, la Basílica de San Francisco y pasear ahora por los teleféricos que dan la oportunidad de visualizar esta urbe.

El terminal de buses de La Paz es ordenado y ofrece una gran gama de posibilidades de conocer el territorio boliviano. Alonso decide adquirir un boleto con destino al Salar de Uyuni, donde se queda dos días. Al retorno a la capital administrativa de Bolivia, tiene un día libre antes de la conferencia del escritor español, así que decide salir en la noche a un bar que le habían recomendado, tomó un taxi con dirección al Bar Magic, donde bebió una botella entera del mejor Singani de su vida «Rujero» y bailó cuanto pudo, no recordando cómo llegó a su hotel.

Se levantó con un dolor de cabeza agudo. Los 3640 metros sobre el nivel del mar en los que se encuentra La Paz, coadyuvan al malestar. Al recordar la conferencia se le levantó raudamente y tomó una ducha rápida. Llega con cierta prisa, pues, la conferencia de Joaquín Pastor Paparullo, se había programado a las once de la mañana en La Casa Municipal de la Cultura Franz Tamayo, y eran la doce del mediodía. Entre muchedumbres de personalidades y periodistas se abrió paso para abordar al escritor, presentándose como periodista peruano y que quería hacerle una entrevista. El escritor previendo las incomodidades del momento, amablemente expresa que lo visite a su hotel Rennova a la una de la tarde.

Llegó la hora pactada, se encontraron en el lobby del hotel, ambos caminan con dirección al restaurant ubicado en el patio interior, almorzando un fricase, luego un café negro, la comida era pesada, como la conversación que tenían. Alonso recriminaba los libros del escritor, por las falacias que en ellos se relataban, el literato defendía su posición argumentando que estas estaban respaldadas por investigaciones serias.

El tono de las voces fue incrementando, aumentando la temperatura del ambiente y creando un entorno tenso.

Alonso no soportó más la indignación y le propinó un puñetazo en el rostro al escritor, quien reaccionó de inmediato y sacó un revólver para defenderse, pero fue este quien recibió el disparo.

Todo sucedió muy rápido, Alonso había logrado desarmar a Pastor, gracias a las clases de Krav Magá, sin vacilar tiró del gatillo y le propinó dos balazos.

Lo nervios le habían jugado una mala pasada. No vio dónde disparó, solo escuchó el ensordecedor ruido del arma, y corrió.

Dejó el hotel rápidamente, huyó y corrió sin parar.

¡Corrió y corrió!

Corrió sin rumbo por las calles, corrió cinco cuadras, se sintió cansado y con la boca seca, ya no podía seguir trotando… empieza a caminar con prisa, sus pensamientos vuelan, alza la mano derecha y aborda un taxi con dirección a su hotel, en su habitación quiere llorar, pero no lo consigue, con sus cabellos entre sus dedos se frota la cabeza. Bebe agua de la pila del baño hasta saciar su sed, coloca sus pertenencias sin orden en su maletín y se retira. Un taxi lo conduce al terminal de combis con destino a Desaguadero, que es la ciudad fronteriza entre Perú y Bolivia. Llega al control aduanero fronterizo y luego de pasar por el registro correspondiente continúa su viaje a la ciudad de Puno. Al llegar se toma una pausa, tanto de sus pulsaciones, pensamientos y reproches, el frío es realmente inclemente, pero el cuerpo de Alonso está caliente, muy caliente.

Puno es una ciudad pequeña, bonita y con mucha música, en el jirón Lima, que es su arteria principal, el presunto asesino toma asiento en un restaurant, ordenando una pizza personal y un Huajsapata, que es una mezcla de pisco, ron, clavo de olor, canela molida, agua caliente, jarabe de granadina, jugo de naranja y zumo de limón; pregunta a la mesera:

–¿Conoce usted dónde se encuentra el terminal de buses para Puerto Maldonado y cuántas horas de viaje demanda?

La mesera, amablemente por ser de la región, con maestría responde:

–El terminal está en la avenida Primero de Mayo, los carros salen a las once de la noche y llegan entre las ocho o nueve de la mañana a más tardar.

Puerto Maldonado es una urbe pequeña de la selva peruana, no ha perdido su encanto, pero el abandono estatal se siente en las calles, esta ciudad de la selva peruana está convulsionada debido a su cercanía con los lavaderos de oro en un área llamada La Pampa, convertida en tierra de nadie, donde en sus lodosas calles la prostitución y delincuencia conviven a sus anchas.

Alonso ya se encuentra en el bus con destino a Puerto Maldonado, no ha podido dormir toda la noche, ahora sí se siente exhausto. No entiende qué le ha ocurrido, llora en silencio, piensa en su esposa e hijo, en el deshonor que sentirían sus padres y Eduardo, empezó a orar: «Dios mío, sé que he cometido algo espantoso, solo te pido por mi vida, te entrego mis pasos, ayúdame,

¡ayúdame!, solo tú sabes que lo hice por amor a Ti». Continúo llorando hasta que los ojos se hincharan por completo, ¿Cómo podía coexistir en una sola persona un ser correcto, tranquilo y otra detestable y cruel? Sin darse cuenta se quedó profundamente dormido.

Llegó a Puerto Maldonado, instalándose en el Hotel Cabaña Quinta, agarró su cinturón y se auto agredió, sin conseguirlo adecuadamente, dio puñetes a la puerta, consiguiendo destrozarse los nudillos de las manos, se resbaló con suavidad, llegando al piso donde, llorando nuevamente, se durmió.

Se levantó, como si en sus sueños habría preparado sus siguientes pasos. Salió del hotel con dirección al almacén más grande de la ciudad, estaba buscando una radio de doce bandas, por fin encontró una de marca Sony, la adquiere conjuntamente con dos pilas alcalinas AA. Retorna a su habitación, trata de ubicar en el dial alguna radio de Bolivia, para saber cómo había informado la prensa boliviana la noticia, de ello dependía sus próximos movimientos.

Ubicó la Radio Chacaltaya, donde dieron cuenta que el escritor español Joaquín Pastor Paparullo, había sido asaltado por un ratero peruano, quien le propinó dos balazos, empero, felizmente, los proyectiles no lesionaron órganos vitales y pudo sobrevivir el escritor, quien se viene recuperando satisfactoriamente, y estando fuera de peligro.

Alonso había pasado los peores dos días de su vida, no entendía cómo podía él haber herido a otro ser humano. Reflexionó en voz baja:

–Bueno, herir a una persona no es lo mismo que matarla, pero el daño estaba hecho.

Los siguientes tres días únicamente salía de su habitación para desayunar, almorzar y cenar, siempre con el radio en la mano, quien se convirtió en su único amigo y aliado.

Las ultimas noticias daban cuenta que el robo se había quedado como tantos otros, sin respuesta, por la falta de cámaras de seguridad y porque el escritor no colaboró con las investigaciones.

Alonso retornó a Lima en incontables oportunidades concurrió a diversas iglesias católicas, pidiendo perdón y por la vida del escritor. Así transcurrieron once largos meses. Decidido a no seguir con el tormento y con el seudónimo de Juan Vásquez Yabel, escribió a Joaquín Pastor Paparullo, pidiéndole perdón por su accionar, y contándole lo duro que fue su vida después de dicho episodio.

La respuesta no se hizo esperar y lo perdonó en nombre de Jesús. La enseñanza para Alonso era respetar a los ateos y a los que profesaran una fe distinta a la suya. Mira el cielo gris de Lima y dice en sus adentros: «gracias Dios, pero qué tal lección me diste». Baja la mirada y camina con una sonrisa dibujada en su rostro.

12. EL SUICIDIO ES UN DEBER

Alonso ha vuelto a trabajar en el área de animación de un canal de televisión, sus días eran ásperos y aburridos. Su horario de ingreso al canal es a las 5:30 de la mañana de lunes a viernes, por lo que, invariablemente, se levantaba de la cama a las 4:30 de la madrugada. Le han asignado el noticiero matutino, el cual estaba dirigido por los conductores Fernando Salas y Teresa del Busto, el hombre, un carismático cincuentón quien tiene los cuarenta años bien puestos, ambos hacían una pareja perfecta en el noticiero, aunque fuera de cámaras se detestaban.

La conductora Teresa del Busto era rubia y tenía un cuerpo de veinteañera, era muy respetada y distante, pero jovial para las cámaras, se sabía que tuvo romances con el expresidente de la República, también con unos ministros y con el presidente del directorio del canal de televisión. La seriedad de Teresa y su profesionalismo, no cuadraban con sus aventuras amorosas, nunca se le vio con pareja estable, era una dama de una noche, como la llamarían los camarógrafos.

Es jueves, en pleno programa, Teresa llama con la mano derecha a Alonso, son los minutos de la tanda publicitaria.

–Por favor, terminado el programa, quiero que pases por mí oficina– pidió Teresa.

Alonso asintió con un movimiento de cabeza.

En el despacho, lo invita a sentarse y refiere en tono de petición:

–Alonso, sabes que tengo el mejor concepto de ti, eres reservado, nunca hablas mal de nadie y eres muy instruido, por ello quería pedirte un favor muy grande, porque te conozco. Solo te lo puedo pedir a ti, es algo muy delicado– una pausa hace eterno los segundos

–¿En qué te puedo ayudar? Si está en mis manos, con mucho gusto.

Se miran ambos en un ambiente de incertidumbre, él con ansias en saber qué le peticionarán y ella si aceptará su pedido.–

–Alonso, te cuento, lamentablemente fui engañada por el presidente del directorio del canal, y he tenido una relación amorosa con él hace más de ocho meses, siempre me juró que estaba separádose incluso viajamos juntos a Washington, Brasil y Piura, yo alquilé un departamento cerca al canal donde nos encontrábamos, pero resultó que mi vecino es el primo de su esposa Diana Craford Martiarena, entonces no sabes en el lío que estoy. Dina es muy agresiva, me manda mensajes terribles, me llama a mi celular entre siete a diez veces al día, hasta que le contesté y le dije que estaba equivocada, que yo tenía pareja, y que simplemente su marido había ido a mi departamento a hablar con mi prometido; entonces quería saber si podías hacerte pasar como mi pareja, el jefe de arriba te dará un buen bono y la estabilidad laboral, dime, ¿puedes?

–Bueno, no hay problema, ¿y cómo hacemos?

–Ella, la esposa despechada, irá a mi departamento pasado mañana, entonces tienes que estar ahí para explicarle.

–Ok, te ayudo no te preocupes.

Llegó el día y hora del encuentro, ambos estaban nerviosos, sonó el timbre, abrió la puerta Teresa, ingresó Diana furiosa, era una mujer muy hermosa de 28 años aproximadamente, saludó a Alonso, el ambiente estaba tenso, le invitaron a sentarse, y dijo:

–No crean que me voy a tragar el cuento que han armado, a mí nadie me ve la cara y menos mi exesposo. Solo quiero la verdad.

Alonso está junto a Teresa en un mueble, ajustados por sus dimensiones. El supuesto marido expresa con tono de sosiego:

–Mire señora, primero quiero expresarle mi respeto, lamento mucho lo ocurrido, me ha contado todo Teresa. Para mí también ha sido algo muy amargo de asimilar. No quiero que piense que alguien tiene la intención de burlarse de usted. Mi pareja actual es Teresa y la respeto por ser una mujer de principios. Tengo que confesarle que yo estoy casado civilmente con otra mujer, de la cual me estoy divorciando, esperando únicamente el trámite, los documentos los tiene a la vista. Además, quiero decirle que Teresa está embarazada, producto de nuestro amor, me incomoda mucho esta situación, quisiera que entienda que con su esposo estamos haciendo un proyecto, es por ello que él ha venido en varias oportunidades a este departamento, no hay otra razón, espero comprenda.

–Júreme usted por Dios que lo que me dice es verdad –suplicó la muchacha.

–Se lo juro –contestó Alonso.

La muchacha se despidió incrédula, solo puntualizando

–Espero no sea todo esto una mentira, voy a creer en usted, tengo tres hijas mujeres y ahora que van a tener hijos van a saber lo que una mujer es capaz de hacer por sus hijos.

Teresa agradeció a Alonso, demostrándole por qué era tan deseada. Hicieron el amor hasta las doce de la noche, casi sin parar, ella realmente resultó ser una experta.

Alonso llegó a su casa cansado por la faena amorosa y deprimido por haber mentido, cavilaba si acaso esa mujer madre de familia no tenía el derecho de saber la verdad, que su esposo tiene una aventura, que ya no la ama, que prefiere viajar con su amante. El adultero ve a Diana como una reliquia en su casa, donde tiene que ir, pero donde no quiere ir.

Alonso abre la puerta con cuidado para no despertar a su esposa e hijo, pero ambos lo están esperando con una torta de feliz cumpleaños.–

–Feliz día –le dice Matilde– eres el mejor esposo del mundo, te amo.

–Papito, feliz cumple, he ahorrado todo el año para comprarte un regalito –felicitó su hijo.

Entregan una corbata italiana y una camisa a cuadros. Él los abraza destrozado por la imagen distorsionada que tienen de un buen padre y esposo, cuando en verdad no es más que un vil mentiroso, que no respeta ni a su mujer ni a su hijo.

Era un sábado de cumpleaños, fueron a almorzar y pasar la tarde en el Centro Comercial Real Plaza de San Borja, se sienten felices.

La siguiente semana recibió un sobre que contenía cuatro mil dólares, el presidente del directorio lo ha recompensado. La conductora continuamente invita a Alonso a su departamento, convirtiéndose todos los jueves en una rutina amatoria. En una ocasión, Teresa sollozando, le manifestó:

–Alonso, tengo que decirte que no he sido ninguna santa ni nada parecido. Pero de verdad en mi vida no ha habido muchos ni pocos hombres, casi todos mayores que yo. Empecé con mi profesor de colegio, luego con un profe de la universidad y después con el rector, que sí era un viejo que me llevaba 25 años, después estuve con algunas personalidades, pero nunca me he enamorado.

La colilla de cigarro cae en un cenicero viejo, una lágrima recorre sin prisa el rostro de Teresa.

–Siempre me he preguntado por qué no he podido amar a alguien, me hubiera gustado incluso sufrir o llorar por amor, como lo hacen mis amigas, pero eso nunca he sentido, pienso que la culpa la ha tenido mi padre, él abandonó a mi mamá cuando estaba embarazada, mi madre no pudo terminar el colegio, se quedó en cuarto año de secundaria –suspira profundamente– sin darme cuenta siempre busqué ese amor de padre que tanta falta me ha hecho, sufrí mucho los días del padre en el colegio, y miraba con mucha envidia cómo los papas de mis amigas acariciaban y veían con tanta ternura a sus hijas. Quería un hombre que me bese la frente y no como siempre la boca.

Más lágrimas corrían por sus mejillas lentamente mientras hablaba, su cuerpo escultural desnudo se convirtió en el de una niña indefensa y triste.

–Aunque tú no lo creas he intentado suicidarme dos veces, una me salve de milagro porque tomé un raticida no muy potente y en otra me corté las venas, pero en ambas ocasiones estaba segura de que no iba a conseguir el resultado, era como poner a prueba mi mente y cuerpo, ahora ni ganas de morir tengo. La televisión es lo único que me da vida. ¿Crees que me falta algo?, mira a las feas de mis amigas, están felizmente casadas, las más perras tienen maridos fieles que las aman, las mas *pastrulas* tienen hijos y son felices, ¿por qué carajo me he quedado sola?

Alonso dice con tono docente:

–La felicidad no es una condición, el tener hijos, esposo, una casa linda, un auto del año, no garantiza la felicidad, los que las poseen de repente son los más infelices. Soy un hombre de fe y creo en Dios, estoy seguro de que ha diseñado la vida de cada uno para ser feliz, debemos ver la vida con optimismo, con valor, con integridad. ¿Sabes? Todos pasamos momentos difíciles, mira, yo desde los ocho años no tengo padres, pero veo la vida con esperanza, he cometido errores, pero tengo esperanza.

Abraza a la mujer, ella se siente reconfortada por expresar lo que guardaba en su corazón hace mucho tiempo, este desahogo le hace sentirse bien, aliviada. Él siente a una pequeña en sus brazos, quisiera darle el cariño de padre, la besa en la frente y le dice:

–Te quiero, sigue tu camino, no eres una mala mujer, eres una mujer de verdad. Dios te aguarda algo muy importante para ti.

Se abrazan con más intensidad.

13. LA ESPERANZA

Juan Carlos es el hijo de Alonso, a sus 16 años es un adolescente de difícil carácter, la separación de sus padres fue un golpe duro del cual nunca se pudo recuperar. Las grietas y rupturas de una relación ocasionan daños fundamentalmente en los inocentes hijos, quienes pagan las consecuencias sin saberlo. También es cierto que cuando existe una relación tóxica lo mejor es el alejamiento. Ahora, padre e hijo solo comparten la pasión por el futbol, son hinchas del club Alianza Lima y Universitario de Deportes, respectivamente. Vivirán juntos por tres meses, Matilde ha viajado a Arequipa para estar con su hija por dicho periodo.

Hay algo que viene dando vueltas en la cabeza de Alonso, y es que teme que su hijo sea gay, homosexual, «falladito», cabrilla, maricón o rosquete, como despectivamente los llaman en esta ciudad. Algunas actitudes delicadas del adolescente lo desconciertan y también el hecho de no haberle presentado enamorada alguna ya lo preocupa. Preferiría morir que tener un hijo homosexual, en el Perú, se diga lo que se diga, la pasan muy mal. Existe una discriminación deliberada, pero la que más daño hace es la de voz baja. Se les ve como enfermos y depravados. Sentencia, entonces, que la única forma de saber la verdad es averiguándola.

Busca a su amigo Jhon Vastel, más conocido como el «tumba mulas», es un moreno fornido, de un metro ochenta y siete de estatura, gran bebedor de cerveza y putañero, también es reconocido por su sobresaliente inteligencia, es decano de la Facultad de Ingeniería Civil de una prestigiosa universidad y gerente de Operaciones en la más importante constructora del país. Por la amistad que los une y la confianza que los años han consolidado, Alonso comenta a Jhon que le preocupa que su hijo no tenga enamorada, aparentemente es por su timidez, peticionando su ayuda, pidiendo que lo lleve a un lenocinio a debutar. Jhon asintió con una sonrisa picaresca.

–Para eso estamos los amigos –se acomoda con la mano derecha los bigotes–, no te preocupes, conozco a una chica experta, justo ahora está trabajando en «Las Cucardas», todo corre por mi cuenta, tú has sido un amigo leal siempre, es lo menos que puedo hacer.

Ha transcurrido una semana, Jhon se comunica telefónicamente con Juan Carlos y acuerdan salir el día sábado por la noche. Llegó el día, se van a un bar de nombre «De Veras», que está ubicado en la avenida Belén, toman dos cervezas cada uno, Jhon se expresa con misterio:

–Mira sobrino, en la vida hay que dar siempre pasos para crecer tanto en lo intelectual, familiar y personal; es decir, en todo aspecto, quiero que me tengas confianza, yo soy un amigo más para ti, todo queda entre nosotros, hoy realicemos cosas de hombres, de verdaderos hombres, hoy te vas a tirar una hembrita, es una chibola que quiere conocerte, así que termina tu vaso y nos vamos.

Juan Carlos estaba asustado, extasiado, pero, sobre todo, se sentía extraño. Sería algo nuevo, algo que contar a sus amigos, así que de un solo sorbo terminó su vaso de cerveza.

Abordan un taxi con dirección al lenocinio, los esperaba las luces rojas, las chicas en cada puerta cual escaparate de muñecas, se fueron al fondo del local donde se encontraba el bar para tomar un ron con cola. Se acercó a Jhon una chica de unos veintidós años, esbelta, con senos prominentes, un vestido que develaba su gran figura, es bella, hermosa, linda, casi una chica de portada de revista, pero zafia en su comportamiento.

Saludó con un beso en la mejilla a Juan Carlos, y sin más presentación le ordenó al adolescente que termine su trago, agarrándolo de la mano para conducirlo a una habitación.

Los nervios invadían a Alonso, sus manos sudaban, no sabía cómo proceder, solo se tranquilizó al escuchar:

-Tú solo relájate. El tiempo en la habitación fue fugaz. La experiencia le fascinó, se sentía todo un hombre.

Jhon ha conseguido que Juan Carlos le tenga una confianza única, por ello repitieron a rutina los tres siguientes sábados. El último sábado que salió con Jhon, después del burdel se fueron a comer y seguir tomando. El pisco había hecho su efecto, especialmente en Jhon, quien le confesó que lo había llevado al burdel por petición de su padre.

El moreno trata de filosofar sobre la vida, pero no logra su objetivo por no hilvanar bien sus ideas, repite constantemente para ser comprendido:

–Querido sobrino, si en la vida quieres ser feliz, no tienes que fingir. La vida cuando es una mentira no tiene sentido. Si vives tratando de complacer a todos, cuando solo escondes lo verdadero de tu ser, no vives, estás muriendo día a día.

La cantidad de saliva que expulsa cuando habla el afrodescendiente produce asco en Alonso, por lo que toma distancia para no ser alcanzado por dichos fluidos. El peso de su cabeza ha vencido su cuello, pero se recompone, en tono de misterio dice:

–Soy maniaco depresivo, nadie lo sabe, tampoco mis padres lo supieron cuando estaban con vida, ni mi exesposa, ni mis cuatro hijas. He intentado quitarme la vida en más de tres oportunidades, si no tomo pastillas me jodo.

El rostro estupefacto de Juan Carlos parecía inmóvil, no podía creer cómo ese hombre, paradigma de vitalidad, padeciera de una enfermedad psicológica. Alonso lo agarró del brazo y lo embarcó en un taxi.

A la mañana siguiente, Juan Carlos con modorra se levanta lentamente ante el llamado del timbre de la puerta, una mujer delgada, demacrada y encogida se presenta como Enriqueta Cory, pregunta por Alonso Cory, sin saber que es su padre.

–Él es mi papá, se encuentra descansando, son las siete de la mañana, ¿quiere que le diga algo?

Alonso también se acerca a la puerta, encontrándose con Enriqueta, su tía, que lo había abandonado cuando tenía ocho años. Ella, al ver a su sobrino, empezó a llorar. Pasó a la sala del departamento y tomó asiento en el mueble unipersonal, con un tono triste y apagado expresó:

–Disculpa por haber venido tan temprano y sin avisar, durante muchos años he intentado ubicarte, solo Dios sabe el dolor con el que he cargado toda mi vida por haberte dejado. Ahora me doy cuenta que mi vida no ha tenido sentido, estoy pagando los errores que he cometido –tras una pausa, tomando valor, dice–: tengo que darte una penosa noticia… tus primos, mis dos hijos, han fallecido hace un mes en un accidente de tránsito, en el trayecto de Juliaca a Puno. Te he buscado para pedir tu perdón.

Mientras hablaba la mujer, Alonso pensaba: «lo que se hace se paga», no se sentía contento ni triste. Recordó cuanto le había costado salir adelante, pero en su corazón no hay rencor, gracias a las enseñanzas de Eduardo, por lo que abrazó a su tía en señal de perdón.

–Puedes ir tranquila, Dios ha guiado mi camino, afortunadamente.

Enriqueta, en el umbral de la puerta se desvanece, sufrió un paro cardíaco fulminante que terminó con su existencia.

Así como empezó una nueva vida tras el abandono, vio cómo desaparecía la de quien lo abandonó.

AGRADECIMIENTOS

A mi familia y amigos, por compartir sus anécdotas, por su gran cariño y comprensión. Por ser parte fundamental en mi vida. La vida solo tiene sentido con ellos.

Son momentos donde solo siento gratitud con todos por su buena voluntad. Dios es todo y ha guiado los caminos con sabiduría.

A la memoria de José Luis Pino Zambrano, quien regalo mucho amor en su paso por la tierra, con su luz siempre estará presente.

EDICIÓN INTERNACIONAL IMPRESA POR
AMAZON KDP

EDITADA Y MAQUETADA POR
LETRA GRUPO EDITORIAL

www.ingramcontent.com/pod-product-compliance
Lightning Source LLC
LaVergne TN
LVHW091323190726
843491LV00002B/537

* 9 7 8 6 1 2 4 8 2 4 2 7 2 *